JN118501

# 虫とゴリラ

養老孟司
山極寿一

毎日文庫

# 文庫版まえがき　養老孟司

改めてこの本を読み返してみると、自分が自然との関わりで体験し考えてきたことは、ほぼ完全に尽くされているという思いがある。だから逆に、自然になじんでいない人には、読みにくいのではないかと危惧する。山極さんとは若い時からの知り合いで、とはいえ研究会などで顔を合わせるだけだったから、長時間にわたって対面で話ができたのは、この本での対談が初めてだった。

山極さんと私の共通点といえば、自然に対する距離感にあると思う。その距離が近い、というべきか。現代人はオフィスビルで働いて、マンション暮らしをする傾向が高いから、自然離れをしてしまう。虫やゴリラという対象に関心を持つと、ひとりでに自然に触れ、その中で考えるようになる。虫かゴリラか、というふうに対象にこだわるのが現代人だが、自然という目からすれば、それはどうでもいい。自然にどう触れて、それをどう理解するかという「方法」が問題だからである。

日本の学問は対象で名前が付けられることが多い。医学で言えば、歯学は大学すらわかれているし、眼科学、耳鼻咽喉科学、最近は内科や外科のような大きな診療科は臓器別に分けられることが多い。しかし、具体的に考えてみればわかることだが、重要なのは対象つまり相手の種類ではなく、やり方である。解剖なら方法、つまりやり方だから、相手がゴリラでも虫でも根本的には関係ない。考え方もやり方も似たようなものである。山極さんと私の似た点は、野生の動物を調査することで、これはなかなか大変なのである。

まず第一に、野生の生きものはじつにたくさんある。これを生物多様性という。その中から特定の一つを選んで、対象とする。山極さんならゴリラで、私はゾウムシである。ゴリラは一種くらいだが、ゾウムシなら日本だけで千六百種は知られている。そのうち一つを選ぶのは、じつは容易ではない。選んだ理由について、あれこれ理屈はつけるけれども、そんな理屈は自分でも信じていない。

第二点は選んだ一つのものから何かがわかったとして、それがどのくらい一般的かを考察しなければならない。それはゴリラや虫の特殊事情だろう、と言われてしまえば、一般性がない。一般性のない結論は、社会的には意味がないとされてしまう。評価されないのである。

第三点は野外に出ることの大変さである。とくに熱帯雨林などを歩き回るのは、命がけである。どこに毒蛇がいるか、わかったものではないし、未知の病原体に感染するかもしれない。道路の整備が悪いので交通事故もあるし、動物に襲われる危険もある。安全第一を旨とする現代の都会人は、だから野外に出ないのである。

ではは野外に出る利点とはなにか。もちろんすべての経験が自分の五感を通じて入ってくることである。画像を見たり、ネットで画面を見たりしているのとは、そこが根本的に違っている。その代わりその体験は、あくまでもその時、その場での限られた体験にしかならない。それをその時だけの体験にとどめず、どう一般化するか、それが「方法」なのである。山極さんはその極意をつかんだ人だと思う。ゴリラを見ていれば、ヒトがわかる。それは奇妙なことに思われるが、実際にそうなのである。嘘だと思うなら、やってみてくださない。そういうしかない。

この種の考え方は、現代ではやらない。対象としての生きものは、きちんとコントロールされた実験室で生かされ、一定の手順で操作される。それは本来生きものが生きている環境とはきわめて異質だが、全体として操作可能なので、だれも文句を言わない。自然条件と違うというなら、条件を変えてやればいいからである。さらに個体全体ではノイズが多すぎるので、対象は細胞単位あるいは分子の領域までに縮減される。その過程で失われたものはなにか。「生きものそのもの」であろう。ゆえに現代は新たな大絶滅の時代と呼ばれ、数十年前に比較して、昆虫でいうなら、八割以上が消えたとされる。世界を支配する力を得た人類は、生きものを失った思考の中で、実際に生きものを滅ぼしてきた。先進国は軒並み少子化で、自分自身の存続も危ぶまれる時代となった。

これからの存続が危ういのは、虫とゴリラだけではない。ヒトをそこに加えるべきなのである。それを防ぐには、皆さんの考え方を根本から見直してもらわねばならない。

# 目次

文庫版まえがき　3
プロローグ　共鳴する世界　15


## 第一章　私たちが失ったもの

身近な異変　23
虫の列島史　30
サルの列島史　32
列島構造線　35
房総半島の謎　37
列島改造時代　40
拡大する人間圏　44

## 第二章　コミュニケーション

自然との会話　49
脳と毛　52
触覚ぎらい　57
つながる感覚　62

## 第三章　情報化の起源

ビッグデータ　69
草原へ旅立つ　73
言葉の誕生　76
交換するということ　80
意味と創造　82

蓄積する文化　84

## 第四章　森の教室

二つの教育　89
好き嫌い　92
教育の成果　95
危ない世界　100
手間がかかるヒト　105
自然の捉え方　110
道徳と教育　116
論理vs.感覚　118

## 第五章　生き物のかたち

想像する生物　125
形の意味　128
オスとメス　131
外に出る脳　135
抽象化と脳容量　140

## 第六章　日本人の情緒

新興住宅　151
京都の結界　155
建築の未来　158
闇と縁側　162
縁側の思想　168
本人というノイズ　173
現物は違う　176

変わるもの　変わらないもの　181
日本文化を考える　184

## 第七章　微小な世界

ヒゲの振動　193
雪国　196
海の国　200
限界を超える　203
しらけ世代　207

## 第八章　価値観を変える

ゴリラの墓　213
痩せた人　218

人間の改造　221
エピローグ　日本の未来像　229
あとがき——虫とゴリラの旅　238

# プロローグ　共鳴する世界

**山極**　養老さんは解剖学者であると同時に、いろいろな虫を探して、自然の中を歩きながら、虫の世界観というものをどこかで会得されたと思うんです。僕もゴリラと一緒に、あるいはニホンザルと一緒に森を歩きながら、人間以外の霊長類の世界観というものをわかったつもりでいます。養老さんと僕の共通点は、人間とは違う動物にずっと執着してきたことでしょうね。

虫というのは、この世でいちばん繁栄している分類群ではないでしょうか。ひょっとしたら、人類絶滅後も彼らは地球上で生きながらえるかもしれません。しかも人間のような哺乳類とは神経系をはじめ、体の構成がまったく違う。それでいて、知能がとても高いように見えることがあります。人間とは異なるメカニズムで世界と接し、行動している虫にとって、この世界とは何か。どういうふうに、彼らはこの世界を眺めているんでしょうね。

**養老**　初めは好きで虫をやっていたものですから、人間以外の「世界観」もくそもなかったんですよ。それが、大学院の時にトガリネズミという野生のネズミの解剖を始めて、その時、何かが心に引っかかったんですね。いったい、このネズミの世界を理解するというのは、どういうことなのかって。

日本にいるいちばん小さいトガリネズミの体重はわずか二グラムなんです。春に生まれて、その年の個体だけが冬場を生きのびて次の春に出産する。哺乳類のくせに、サイズもライフサイクルも、虫なんですよ。それで虫を食べているんです。そいつを調べ始めたら、何か通じるものを感じましてね。こんな小さい生き物にも、「意識」というものがあるんじゃないかって。これは「共鳴」としか言いようがない感覚ですね。

ここで二つの考え方があって、ひとつは人間のような複雑な生物だけに意識が発生したという説、もうひとつは、細胞ができた時に、意識のもとが、そう定義されていないだけで、すでに発生しているという説。どちらかといえば、私は後者なんです。仏教でいう、生きとし生けるもの、山川《さんせん》草木《そうもく》悉有《しつう》仏性《ぶっしょう》ではないけれども、どんな生き物にも意識の根源みたいなものはあって、それが途中で発生するのか、初めからあるのか、「初めからあった」と考えるほうが、実りが多いと私は思っているんですよ。

**山極**　僕もそれはね、すごく思うんです。細胞そのものがミトコンドリアや葉緑体などの共生体ですからね。細胞は外層の細胞膜で内外の物質の入れ替えを行いますが、内部でもすでに物質が流通している。百兆を超える微生物が人間の体に取りついていて、何らかの形で人間の細胞とコミュニケーションをしている。そこに生命の動きが生まれて、共鳴という現象につながっているんでしょう。

　虫と人間は、あまりに違うように見えるけれども、お互いに意識しているといいますかね、虫も人間の存在を意識できるし、人間も虫の存在を意識して、了解なり、合意が成立するような気がします。どんな生き物にも「生きている」という実感はあって、互いに同調したり、反応し合いながらコミュニケーションをしている感じがありますね。

**養老**　それって本当に面白くてね、だけど今の話は、基本的には宗教でしょう。宗教の世界に入っちゃう。キリスト教では、鳥と会話ができたという聖フランシスコです。日本では河合隼雄先生（臨床心理学者　１９２８～２００７）がよく書いておられた、明恵《みょうえ》上人の「門前に雀《すずめ》が死んでるよ」みたいな話。離れた場所で雀が死んでいることが、なぜかはわからないけれど、わかるんですね。

なんだかわからないけれども、自然と通じることができる。信念というか、信仰に近くなりますけどね、生き物同士はつながっていると思いますよ。

**山極**　ゴリラは小さな虫と遊ぶことができるんです。あれだけごつい体で、グローブみたいな手にダンゴムシをのせたり、唇に虫をのせて遊んだりする。大きな動物は大きなものとしかつき合っていないかというと、そうではなく、小さなものともつき合える繊細な神経を持っています。

ゴリラの暮らす熱帯は大から小まで非常に多様な生物に満ちていますから、つねにさまざまな出会いがあります。あらかじめ計算なんてしなくても、出会ってしまうんですね。出会ってしまった時、さまざまな反応ができるように体ができている。人間も熱帯起源だから、本来は同じセンサーを持っているはずです。

サンフランシスコ動物園のココというメスのゴリラは、すごい猫好きだったんですよ。動物心理学者がサイン・ランゲージを教えて、人間とコミュニケーションができるようになったゴリラですが、何匹も猫を飼っていましたね。ゴリラもペットを飼える。ゴリラも愛猫家みたいに、自分とはまったく違う能力を持った動物に同調できるわけです。おそらく養老さんなら、虫に同調していますよ。虫捕り網《あみ》をこう、うーっと構えている時なんて、虫になっていませんか？

**養老**　時々なってるけどね。それにしちゃあ、よく逃げられます。

**山極**　それもコミュニケーションの面白さですよ（笑）。こうやって、「虫の養老」さんと「ゴリラの山極」がコミュニケーションできるのも、もうひとつ共通点があるからなんです。じつは虫とサルは被子植物を通して、この世界をつくり始めたんですよね。

一億五千万年くらい前、熱帯の高地で進化を遂げた被子植物が、顕花《けんか》植物と言いますかね、花を咲かせて、虫を媒介に受粉をして、実をつけるようになった。鳥がその実を呑み込み、種子散布をするというシステムが完成して、被子植物は熱帯から温帯へ拡大したわけです。

それから後、六千五百万年前に登場したサルが、鳥の食卓に侵入して、鳥と同じように種子散布の役割を果たすようになった。それまでサルは、小さな虫を食べていたんですよ。サルは次第に体を大きくして、鳥に対抗してフルーツを食べるようになる。植物の側もサルに食べられやすいような実をつくるようになって、その結果を今、人間がサルと同じ感性でフルーツを食べて、花を愛でているわけです。我々の感性には虫と共通の部分があり、サルや鳥と共通する部分がある。被子植物がつくった世界を起源《オリジン》として、さまざまな恩恵を受け継いでいるはずなんです。

この対談では、虫が見る世界とサルが見る世界をもとに、人間の世界をもう一度、眺め直してみたいですね。日本に限っても、古くから歌われている歌の中には、植物や動物がいっぱい出てきます。その意味では、日本人はことさら人間中心の世界をつくってきたわけではなく、とりわけ虫をはじめ身近な動物たちに思いを寄せて、彼らのほうから眺める自然というものを心の中に入れてきたと思うんです。

# 第一章　私たちが失ったもの

## 身近な異変

**山極**　僕が大学に入ったのは一九七〇年で、まさに、田中角栄さんの日本列島改造論が始まろうとする頃でした。日本各地を学生の気ままな暮らしに合わせて歩き回るようになって、目にした光景というのは、目を覆うばかりの道路の拡張、海岸線の破壊、山の切り崩し、植林事業だったわけです。それ以前の風景がどういうものか、東京で育ったので近郊の田園風景しか知らないのですが、その風景の奥に、人間の手が及ばない原生自然があることをおぼろげながら感じていました。いつかそこに行ってみたいというのが、探検に憧れた我々世代の夢だったんです。養老さんは僕よりも年上だから、子どもの頃に、公害や汚染の始まっていない日本をしっかり見ていて、僕らはそのおもかげを見ていたわけですね。

**養老**　私のところには、七〇年代の標本がほとんどないんですよ。仕事が忙しかったこともあるけど、もう山に行きたくなかったんですね。今まで知っている風景が変わっちゃっているのがわかっているから。

**山極**　変わってしまったものの象徴のひとつが、じつはサルなんです。一九五二年に僕の先生の伊谷純一郎（1926〜2001）と川村俊蔵（1924〜2003）の二人が屋久島に調査に入っているんですよ。二週間の滞在中、サルの姿を見たのはわずか三回だったそうです。それだけサルというのは、人の目に触れない場所で暮らしていました。屋久島だけではありません。日本列島すべてがそうだったんです。絶滅寸前とさえ思われていた。養老さんも子どもの頃、野生のサルなんて見かけなかったでしょう。

**養老**　ないですね。接触しませんでしたよ。

**山極**　東北地方のサルは、江戸時代にマタギによって根絶やしにされたので、空白地帯があるんですが、サルを狩猟していない地域、とくに西南日本一帯では「神様の使い」と思われていました。冬の間、山の上で神様と一緒にいるサルが、春を迎えて田を耕す代《しろ》かきの時期になると、人の目に触れるところにちらちら姿を見せるようになる。それは神様が標高の低い田畑に下りてきた証拠《しるし》で、それで人々は田植えを始めていたんですね。山と里を往来する神様を、サルが先導していたという伝承は各地にあるわけです。
　里山を介して森林をハレの世界、平野、水田地帯をケの世界と考えるのが、日本人の自然観でした。サルはハレの世界にいるもの。神様の力を持つ、人間が触れてはいけない世界の動物でした。それが今や、厄介者として人里どころか、住宅地にまで姿を現すようになった。それは、日本人がハレの世界として敬ってきた森林を破壊してしまったからなんです。みんながそれに気づいてはいたんだけど、止められなかったというのが実態だと思いますね。

**養老**　あの時代、山もそうでしたけど、どこの川も死にましたね。洗剤にやられたんです。下水道が不備で台所の廃水をそのまま川に流していた。あれがいちばんよくない。界面活性剤を流すと虫や魚が窒息するんです。私は鎌倉で育ったんですが、鎌倉の川も見事にやられました。さらによくないのは、下水道を整備して水がきれいになってきたら、役所がフナを放しやがった（笑）。フナなんて一匹もいなかった川なのに。

**山極**　そうですか。やっぱり放すもの、間違えますね。いちばんの問題は、昔の状況をちゃんと調べないで「復元」しようとしたことですね。日本の水源にゲンゴロウやタガメといった固有の昆虫類、両生類、爬虫類がたくさん棲んでいたのは、日本の水田の構造が、彼らが棲める仕組みになっていたからです。その仕組みを直さずに「復元すりゃいいんでしょう」って、いろんな生き物を放しちゃった。それで生態系が変わり、外来種もずいぶん増えちゃった。

**養老**　いちばん悪いのはアメリカザリガニ。あいつら、本当にたちが悪い。

**山極**　グリーンアノールもそうですしね。人間が自然を改変する中で、いっぱいいろんな生き物が入ってきて、違う生態系になっているのに、復元したという話になっている。サルは大きいから見えるけれど、虫は見えないから、わからないまま消えてしまった虫もいるんじゃないでしょうか。自然は人間が考える以上に簡単に変わるんですね。

**養老**　日本は地形がものすごく細かいでしょう。飛行機から見るとすぐわかります。ヨーロッパから帰ってくると、なんて細かいんだって、いつも思います。日本の自然は繊細でしかも多様なんですよ。

**山極**　海岸線も非常に入り組んでいる。これを七〇年代以降、日本人は破壊してしまった。いちばん大きな罪だと思います。日本の海岸線には渚の生物がたくさん棲み、多様性が非常に高く、なおかつ日本人の情緒の源泉でした。日本人にとって海は、山と同様、大きな恩恵を与えてくれるものだったのに、テトラポッドとコンクリートの護岸に変えてしまいました。

**養老**　私が子どもの頃は、アカテガニを捕っていましたよ。どこにでもいる普通のカニなんですけどね、鎌倉では絶滅です。今では三浦半島の小網代まで行かなきゃ見られない。最近、すごいなと思うのは、鎌倉で蝶《チョウ》っていったら、いちばん多いのはアカボシゴマダラです。以前は奄美大島だけにいた、遺伝子を調べると中国のやつ。その生息域が今、やたらに広がっています。

在来類でもナガサキアゲハやツマグロヒョウモンは、箱根以東では滅多に捕れなかったのに、関東でも普通の蝶になりましたね。温暖化説もあるけど、たぶん違って、行政が公園とか、あちこちにパンジーを植えたでしょう。ツマグロヒョウモンの幼虫は「スミレ食い」なんです。日本のスミレって小さいんですよね。そこで、パンジーみたいな大きい花を食べるようになると非常に有利なので、食性転換をして、それで増えたというのがプロの意見。ナガサキアゲハはわかりません。昔は紀伊半島までだった。それが今では栃木県まで広がっています。

**山極**　都市の緑化をものすごく工業的にやったんですね。道路の緑化工事に牛の牧草のアルファルファを使ったりする。そうすると、非常に柔らかくて甘い草が生えてきたというので、道路にサルが一斉に下りてくるっていう話もあります。公園や道路沿いをはじめ、新しい植物がどんどん勢力圏を広げて、虫や動物が変化を始めたということが起きているんですね。

**養老**　人間が変えているということを、人間が知らないんですよ。箱根にエグリクチブトゾウムシっていうのがいっぱいいるんですが、これは私が子どもの頃、四国と九州、本州は山口県にしかいなかった。造園業者って九州に多いんですってね。箱根には旅館やホテルが多いので業者がたくさん入ります。たぶん、業者が九州から苗木を持ってきた。苗木の土と一緒に、虫も移動してきたんでしょう。最近、東北の震災でシイタケのほだ木が使えなくなって、あちこちの農家が日本中からほだ木をかき集めた。それで今、対馬のハラアカコブカミキリっていうのが中国地方で普通種になっていたりします。

虫が出てくるのは三月上旬から中旬、下旬になるともう、たくさんの虫が出ていたんです。それがもう出てこない。理由は簡単で、畑や田んぼのたい肥がなくなったから。たい肥がものすごいバイオマスをつくっていたんです。以前は三月末になると、やたらに虫が飛んでいました。数ミリの非常に小さい虫なので、いなくなっても誰も気がつかない。

**山極**　僕らが子どもの頃は、カブトムシの幼虫を探そうと思ったら、たい肥を掘ればいくらでも出てきました。それもなくなっちゃった。

**養老**　自然が変わってきたのは、虫を見ているとよくわかります。虫というのは、いろいろなことのサインになる。象徴になるんですよね。

私は今年、子どもの虫捕り教室で、「カブトムシを捕るためのたい肥」をつくっていますよ（笑）。春になったら、子どもたちを呼んでカブトムシを捕ろうなんてやってます。

天然の状態では棲み分けをしている別々の虫が、「混ざって」捕れることも起きています。もっと変なのは、木を移植すると「単為生殖」を始めますね。根元についていたゾウムシが、「天変地異だ」っていうので、メスになるんです。同じゾウムシを、都会の近くで捕まえると全部メス。山で捕まえるとオスとメス、両方がいる。ある時、山の中の民宿に遊びに行ったら、庭に白樺が八本植えてあった。そのゾウムシはカンバ（樺）類が好きなんですね。両方いるだろうと思って、捕ってみたらね、全部メス。宿の親父に事情を聞くと、他所《よそ》からカンバを持ってきたっていう。根っこについていたのが成虫になる時、全員メスになっちゃった（笑）。やっぱり、いま何かが起きているんですよ。

## 虫の列島史

**養老**　じつはね、私、京都市の八丁平《はっちょうだいら》でゾウムシの新種を発見したんです。採集したのは十年以上前だけど、ずっと「そうじゃないかな」と思っていて、最近、本気で調べ直したら間違いなく新しいものだった。八丁平は滋賀県との境にある湿原地帯で、虫がいるのは八丁平、比良山（滋賀）、蓬莱山（同）、少し南の尾越《おごせ》（京都）あたりまでの、せいぜい十キロ四方の範囲です。これまで、関東の河川敷にいるのと同じ種類と考えられていたんだけど、中部地方にぜんぜんいないっていうのが、私はずっと気になっていたんですね。京都と関東にはいるのに、「間はどうなっているんだ」って。これが完全に独立した個体群というのはわかったんだけど、今度は、京都だけにいるっていうのが不思議でね。他にも湿地帯はあるのに、どうしてここだけ特殊なのか、ヒントがつかめないんですよ。
じつは関東でも似たような問題が起きていて、あるゾウムシを最初に見つけたのが千葉県の清澄《きよすみ》、これが清澄から東京、横浜、大山（神奈川）、箱根（同）、そして愛鷹《あしたか》（静岡）まで一直線に同じのがずうっといるんです。ところが伊豆半島の北から突然、「別種」になる。きれいに切れちゃう。これは、たぶんフォッサマグナ（日本列島の本州中央部を南北に縦断する巨大地溝）と関係しているんじゃないかって思っているんです。
虫は非常に古いので、アジア大陸から日本列島が分かれた頃の状況が残っているんですよ。じつはこれが面白くて虫をやっているんですね。ゾウムシの仲間は紀伊半島で六種類から七種類に特殊に分化したんです。なんで紀伊半島で、こんなに分かれなきゃならなかったのか。ぜんぜんわからない。紀伊半島って一千五百万年前は島だったんですよね。

**山極**　そうですね。その頃は火山活動が活発で、古い地層をマグマが突き抜けて新しい地層をつくっていた。紀伊半島は新旧の地層が入り組んでいるんですよね。

**養老**　その時代の地図が、虫にはいちばん参考になります。フォッサマグナなんかが非常に大事で、一帯を調べてみると、その糸魚《いとい》川―静岡構造線より西にはいるけど東にはいないっていう虫が、いまだに見つかりますね。

この前、北海道の暑寒別《しょかんべつ》っていうところに行ったんです。一千五百万年前の北海道は、大雪《だいせつ》と日高が一個の島で、あとは海。暑寒別だけが小さな島でした。なので、特別な虫がいるって思っているんですよ。まだ見つけていませんけどね。あと、西では鳥取の大山《だいせん》が小さな島でした。大山だけが標高七百メートルぐらいの台地だったことがわかっているんです。大山は昔から、虫の種類が多くて関西では有名な採集地なんですよ。多様性が高い理由はたぶん、海に浸かっていないから。京都はわからないです。たぶん陸だったんじゃないか。あの辺から先が海だったんです。京都から先、兵庫、岡山、広島は海で、山口と九州は陸続きでした。関門海峡から水が入って瀬戸内海ができるんですけれども、もうこれくらいのスケールになると、「瀬戸内海なんか海じゃねえよ、水たまりだよ」なんて言う人がいるけどね（笑）。虫を見ていると、そんな時代にまでさかのぼるんですよ。

## サルの列島史

**山極**　サルの場合、一千五百万年なんてとてもじゃないけど、日本列島に入ってきたのは四十五万年前から六十万年前の間です。何度かに分けて朝鮮半島から入ってきたのはわかっていて、北海道と沖縄には渡っていない。北限が下北半島で、南限が屋久島です。当時の日本列島は氷期と間氷期を繰り返していて、熱帯由来のサルは、暖かくて食物のある照葉樹林を求めて北へ南へ行ったり来たりしていました。人間がやって来るのはどんなに古くても三万年前だから、食性の変動にしたがってサルが動いてたわけです。

二万年ぐらい前、ヴュルム（最終）氷期の最中に海表面が百二十メートル下がって、北海道と本州がつながった時がありました。その時はまだ、サルは下北半島に到達していなくて、北海道に渡らなかった。本州と陸続きになった屋久島には渡り、その先、奄美、沖縄の間は、海面が下がっても陸続きにはならなかった。

いいかだか二万年前の話ですが、サルは少なくとも本州のあちこちを行き来していたわけです。ところが、遺伝的なつながりを調べてみると、非常に面白いのは、東と西でぴったり分かれているんです。フォッサマグナを境にして、遺伝的に大きなギャップがあるんですよ。さらに面白いことに、栃木県辺りに棲んでいるサルだけが「西のサル」なんです。なんで「東のサル」のまん中にこんな連中がいるのか。ある集団がすうっと脊梁《せきりょう》山脈を通って西から移動してきたのかもしれないし、人間の影響もあったのかもしれません。わかっていないんだけど、飛び地があるっていうのも面白いんです。

それから、さっきも言ったように東北地方はサルが全滅しちゃったんですよ。下北半島はかろうじて残ったんだけど、岩手も秋田も福島も、今でこそ、いっぱいいますけど、近代の記録にサルはいっさい出てきません。人間の歴史が始まってから、サルは大きな変動を受けました。だから山奥に逃げ込んだんです。そこに戦後しばらくまで、人前には姿を現さないっていう事情があった。

でもこの数十年で、あっという間にサルは身近な存在になっちゃった。なおかつ今、サル以上に恐ろしいのは、シカとイノシシでしょう。どれだけ捕まえてもどんどん増えている。日本列島は野生動物が跋扈《ばっこ》する時代を迎えた。

**養老**　もう、天国ですよね。箱根にはとにかくイノシシが出る。リスやウサギはもちろん、タヌキも平気で歩いているし、アナグマも家族で歩いています。アライグマもどんどん増えている。ここ数年でシカも見るようになった。

**山極**　この前、青森県のむつ市で撮影されたとんでもない動画がネットにあって、電線を伝ってサルの群れが渡っている。ああいうことをするサルは見たことがないです。地上を渡るよりも電線を伝って渡るほうが安全だと思ったのかもしれないんだけど、何が起きているんでしょうね。わからないことばっかりですよ。

## 列島構造線

**養老**　そもそも東と西で、なんで「切れる」んだろうね。虫をやっているとそれが本当に多いんです。一千五百万年前までさかのぼらないまでも、それが起こるわけですから。何かが違うんですよ、東と西は。

**山極**　何かが存在しているんですかね。我々の知らないバリア、が。

**養老**　しかもピタッと切れる。気持ち悪いくらいきれいに切れちゃうんです。ゾウムシをやっていて面白いのは、近似種が隣接していると、間に二キロぐらいの幅で、空白の土地ができるんです。雑種はいたんだろうけど、生きのびるのが難しいから、境界上に空白地帯ができます。紀伊半島でゾウムシを捕っていると、やっぱり一キロから三キロのまったく捕れない場所があって、次に突然、別の種類が出てくる。それに近いようなことが、フオッサマグナで起こっているのかなと思っていてね。

**山極**　そうですねえ。インドネシアのスラウェシ島には、七種類ぐらいのサルがいるんですよ。分かれて棲んではいるけど、陸地としてはつながっているので行き来はできます。でも交雑種はできないですね。というのも、面白いことにね、ペニスの形が違うんです。交尾ができないようになっている。それから、「尻だこ」ってありますでしょう。尻だこの形がぜんぜん違う。哺乳類は尻を見て発情するようになってるから、尻の形が違うと発情すらできません。生殖器の形や、性的な魅力を感じるような部位が、まず変化して、それが種の生殖的な隔離を完成させるという典型的な例ですね。

そういう目で日本のサルを見ると、インドネシアほどの違いはないけれども、それでも東と西は違う。屋久島もちょっと違う。虫の場合はどうですか。やっぱり交尾できないということはありますか？

**養老**　いっぱいありますよ。逆に言うと、交尾器が変化するようなタイプのグループは、急激に種分化しちゃうんですね。ちょっと遺伝的な形質が変わってきた時、それが交尾器の形にダイレクトに影響するようなグループだと、非常に細かく分かれます。しかも、地域的に分かれますね。おそらく地域的な種分化というのは、これをもとに起こってくるのかなと思いますけどね。

**山極**　食草の違いはどうですか。

**養老**　そういうのは、あまり聞いていないですね。だいたい虫って、生きていかれなきゃ、何でも食うわけです。蚕《カイコ》だってじつは、桑の葉っぱから特定の化学物質を取り出して他の葉っぱにかければ、何でも食うんですよね。葉っぱなら何でもいいんですよ。

ところがね、北アルプスで雑草を食っているような連中が、八ヶ岳とか蓼科《たてしな》に行ったとたん、一匹もいなくなる。これって変でしょう？　理由がまったくつかめないんです。食性の問題ではないんですね。草なんていくらでもあるんだから。

## 房総半島の謎

**山極**　サルの場合も地理的な条件というのはけっこう効いていて、例えば、関東地方でいえば、房総半島のサルは、形態的にも遺伝的にもだいぶ違います。なんで違うのかって調べていったら、やっぱり関東平野にずっと人が住んでたっていう事情と、北のほうからとの分離でいえば、利根川が大きな境界になっていた。信州や北関東のサルとはだいぶ違っているんですね。

**養老**　今のゾウムシも完全にそうですよ。房総のやつは別の種類になっているんです。今ちょうど、「房総のやつがどこまで広がってるか」って、調べている最中なんですよ。どれもちっちゃくてよく似ていてね。顕微鏡の見すぎで貧血を起こしました（笑）。

**山極**　僕は、大学の修士の時に日本中を回って、サルの外部形態をずっと調べていたんです。房総だけ「変だなあ」と思ったのは、幼形的な特徴をいっぱい残してるんですよ。体が小さくてごつくない。やっぱりこう、半島で隔離された時期が長かったから、房総半島に肉食動物がどのぐらいいたか、わからないけど、捕食者に対する防御という能力も発達しなかったんじゃないか。オスがすごく小さいんです。

**養老**　外敵があんまりいないんでしょうね。

**山極** 房総半島って黒潮が通っていて、照葉樹林が残っている。わりと気候がいいですから、食物も豊富で競争もそれほど厳しくなかったんじゃないかという気がします。

**養老** うかがっていると、虫とかなり重なっているのが面白いですね。一千五百万年以来、今でもその影響がずっと残っているんですね。日本列島の構造線が、非常によく効いているということです。これ、人間にも効いているんじゃないでしょうか。東と西では人間もかなり違うでしょう。

**山極** しかもね、日本列島の真ん中には東西に脊梁山脈が通っていて、縄文時代からずっと人が往来していたわけです。弥生以降、畑や水田がどんどん増えて、多くの人が平野に定住するようになった。一方で、山脈を移動しながら生活するサンカと呼ばれる「山住み」の人々もいました。彼らの文化や伝統は、平野に暮らす人のものと違っていて、そういうものが相互交換されながら、現代まで生き残っているっていうことですよね。

**山極**　この前、「風土学」を提唱している哲学者のオギュスタン・ベルクさん（1942〜）と話をしていたら、日本人の情緒というのは、西洋人の感性とはだいぶ違うという話になったんです。何が違うのかというと、自然観が違う。それを土台にした宗教や哲学の影響が大きいって言うんです。例えば、西洋絵画で「遠近法」が流行した時期と、デカルト（1596〜1650）が「我思う故に我あり」という考えを提示した時期は重なっていて、遠近法というのは、自分の視点、自分というアイデンティティを固定するものの見方です。いつどこに自分が立っていて、何を見ているのか、非常に明快ですよね。

ところが、日本絵画は「主体」と「客体」の関係が曖昧で、絵巻物でも、解いていくたびにストーリーが変わり、主人公が変わり、見る側はいろんな主人公になりながら風景を眺めて、絵の中のドラマに参入していく。

日本の庭園もひとつの固定された視点から眺めるようにつくっているわけではなく、立つ場所ごとに、自然の中に没入して自然と対話をするようにできている。主体が客体の中にとけ込んでいる。それは、日本人の情緒になって、さまざまな芸術や工芸品を生み、ジャポニスムとして十九世紀末の西洋に衝撃を与えたわけです。

そういう日本人が、七〇年代、あっという間に自然を壊してしまった。どうして、あの日本列島の大改造の時代が始まったのか、自然を敬う心を捨ててしまったのか、いまだにわからないって、ベルクさんが言っていましてね。じつは僕もわからないんです。

**養老**　あれは日本の中でも特殊な時代ですよね。日本の風土を壊したのはブルドーザーっていう説が一時、あったんですよ。私もしみじみそう思ったことがあってね。山奥でもなんでも、いっぺんに造成できるでしょう。

これはね、結局「ガダルカナル」の問題なんです。太平洋戦争の激戦地。日本軍がガダルカナル島に上陸して飛行場をつくろうとして、もたもたしているうちに、逆上陸した米軍が、あっという間に飛行場を完成させてしまった。何が可能にさせたかというと、ブルドーザーなんです。あの敗北の体験は大きかったと思いますよ。戦後、ブルドーザーを手に入れた日本人は、どんな工事もできるようになった。「できるようになる」っていうのは非常に大きな問題で、人間というのは、技術が手に入ると「やっちゃう」んですよ。

**山極**　日本人は「型」というのを非常に重視しますよね。短歌、俳句、着付けの作法、食事に臨む作法、それらはまず型を学ぶことが大切です。お稽古事なんか、いちばんいい例ですよね。型の中にさまざまな表現があって、その型の中に入るといろいろなやり取りができるし、想像力も発揮できる。しかし型の外に出ると、それはちょっと「自分が関われないもの」として傍観者になってしまう。もしかしたらそういう精神性が、我々の中にあるんじゃないかっていう気がするんですね。

日本列島改造論がうたわれて、あの土木工事、日本の海岸線が無茶苦茶になり、あらゆる場所に自動車道路がつくられた頃、みんなが違和感をおぼえながら、これが日本の発展のひとつの型なんだと思い込んでしまったのではないでしょうか。

あの時、参与（participation）ということを生きる中心にはしてこなかった大多数の日本人が「傍観者」になってしまった。公害が発生して、異変が身近になってきたら、「これはおかしいぞ」と思い始めても時すでに遅し、じつは間違っていたんだということに途中で気づきながらも、自分が関わっていなかったが故に傍観者になってしまった。つまり型を並べて自分がそれを眺めているような人生観を、みんな持ってたんじゃないのかなと。

**養老**　いや、確かにそれに近いことを考えますよね。型というのは、本来、身体の一部なんです。武道は全体にそうですし、茶道は典型ですね。稽古事はみんなそうでしょう。うちの家内が十代の頃、お茶が好きで、お手前をやってたんだけど「終わった時に記憶がなかった」って言うんですよ。つまり、それぐらい身につくものなんですよね。身体と型はくっついているんですよ。

**山極**　おっしゃるとおりです。型を学ぶというのは、「身につける」ことですよね。型の中に身体を入れて、身体の感覚の中で、日本人の精神性が形づくられてきたんです。ところが、いいかげんに型というものを学ぼうとすると、身体が入らない。

**養老**　恰好だけではダメなんですよ。もっともダメ。

**山極**　日本人は明治以降、西洋の形だけ真似て、技術だけを真似て、それでも「和魂洋才」っていって、和魂というのは残してきたと思うんです。それが戦後、空っぽになっちゃって、技術だけで、すべてを行うようになったというのが、僕は大きかったんじゃないかと思うんですよ。

**養老**　その「和魂」って言われたものはね、みんな「精神的なもの」だと思ってるんだけど、そうじゃなくて、たぶん「世間の干渉」だと思うんです。世間の暗黙のルールっていうのが非常に日本は強かったので、それが戦後、壊れたんですよ。

## 拡大する人間圏

**山極**　日本人の情緒って、自然の変化、とりわけ動物たちの変化にそうとう影響されていたはずなんです。例えば秋は、彼らの交尾期だから、遠くの山からはその鳴き声しか聞こえてこない。シカはピーッて鳴くし、サルはガガガッて木揺すりをする。春の繁殖期は鳥も縄張りを構えて声音が変わる。四季の移り変わりが「音」になり、「騒々しくなったな」という雰囲気が伝わってきた。それがね、今、森が空っぽになっちゃったから、気温の変化や、雨風とか、そういうものでしか判断できなくなっちゃった。自然に対する感覚を失って、人間が機械的な反応しかできなくなったっていう気がするんです。

しかも、住んでいる家もマンションも、ホテルもオフィスビルも、外の空気や音が入ってこないつくりになっている。中で空調が回転してるだけでね。都会にいたっては、そういう中でみんな、一日中、外に一歩も出ないでオフィスワークをやっていたり。

**養老**　東京の街を見ていてね、私はあきれているんですよ。よくもみんな、こんなところで働いている。だから私は、都会の人間に「田舎に行け」って勧めるわけです。「参勤交代」が必要だよと。

**山極**　以前アフリカの友人が東京に来たので、案内をしたことがあるんです。「日本人はネズミのようだ」って言いましたね。地下にばかり入っている。建物から出ない。「まるでネズミだな」って（笑）。昔よく「ウサギ小屋」って言われていましたが、ウサギですらない。ウサギは屋外に出るじゃないですか。ネズミはちょろちょろ走り回るんだけど、穴蔵暮らしです。そんなことを言われて、「いやあ、これでいいのかなあ」なんて思いましたね。

**養老**　トルコあたり、崖に穴掘って暮らしてるでしょう。カッパドキア。現代人ってあそこに戻っているんだなって思います。もう少ししたらネアンデルタールだ。いずれ洞窟に住むようになるんじゃねえか（笑）。

**山極**　今の話をもう少し過激に言うと、日本人はもう自然に耐えられなくなっちゃったんですよ。まず虫に耐えられない。刺される、嫌な音を出す、蛾が鱗粉を撒く、うるさいと感じ始める。そもそも人間の身体は、五感を通じて、そういうものを心地よく感じるようにできているはずなのに、我慢ができない。僕はもう、ジャングルに慣れちゃったから、虫に刺されても別にどうもない。日本にいても、そういう虫が嫌だとは思わないんです。だけど今、ちょっと虫が出ようものなら、みんな大騒ぎでしょう。

**養老**　ハエは見なくなりましたね。昔は食堂に行けば、ハエ取り紙がいっぱいぶら下がっていましたから。子どもの頃と今でまったく違うのは、ハエがいないこと。それから夜、蛾が飛んでこない。カブトムシもクワガタも飛んできませんけど。なんにも飛んでこないので、網戸が必要ない。これが不思議でね。これだけ人間圏にしちゃっていいのかって思っているんですよ。

# 第二章　コミュニケーション

## 自然との会話

**山極**　虫から見ると人間ってすごい無駄が多い生き物だって思うでしょうね。人間から見ると虫は非常にメカニックな姿をしていて、そういうふうに機能的に見えるのは、生物として無駄のない動きをしているということです。哺乳類は全体的に無駄が多いですが、とりわけ人間は言葉を持って、中枢神経系を働かせることで、自然と一対一の対応をしなくても、頭の中でいろいろ考えて行動できるようになった。それでかえって、無駄がいっぱいできてしまったんじゃないかという気がします。

**養老**　ある意味ではそのとおりでしょう。だいたい人間は変なんですよ。いろいろ考えて、もう未来がないとか言って、子どもさえ自殺する時代ですからね。生物としてはまったく意味がなくなっちゃった。

**山極**　そうですねえ。言葉を持つことで人間は、生物界で優位な立場を得たと思うんだけど、それ以前からも、人間は道具をはじめとして、自然との間にいろんな緩衝物をつくってきた気がするんです。それによって直接、自然と一対一の対応をせずに暮らし始めて、それが積み重なっていくうちに、自然との「会話」ができなくなった。言葉を持つ以前の人間は、いろんな生物とコミュニケーションをしていたと思うんです。

僕は小さい頃、『ドリトル先生　アフリカゆき』なんかを読んで、「鳥や動物たちと話ができるようになりたい」なんて思っていたんですよ。「動物たちは人間のように、それぞれの言葉を持っている。その言葉を学べば、ちゃんと会話ができる」って本には書いてあって、ずっとそれを信じていたんだけど、真っ赤なウソでしたね（笑）。アフリカのジャングルを実際に歩いてみて気づいたのは、「我々が言葉を持たなければ、彼らと会話ができる」ということでした。

言葉を使わない生き物との会話と、言葉を使った人間の会話の何が違うかというと、養老さんがすでに書いておられますけども、言葉を使うのは「分類する」ことですよね。名前をつけることで、本来は「違う」ものを「同じ」カテゴリーに入れる。

じつはこれ、自然界では起こり得ないことです。そもそも全部が違うものだから、お互いが違うものとしてコミュニケーションをしている。逆説的に言えば、違うからこそ、コミュニケーションをしたくなるんですよね。同じだったら、コミュニケーションを取る必要がない。そういうもので自然界は満ちているのに、人間は分類を始めて、いろんなものを省略して、違うものを「同じ」カテゴリーにどんどん入れ始めた。自然と会話ができなくなったというのは、違いがわからなくなっちゃったということでしょうね。

**養老**　そういう「違い」って、感覚で知るものですよね。今の人間の世の中は、できるだけ五感を使わないようにして、違いを排除しようとしています。感覚を重視すると、たちまち生き物の持つ生来《せいらい》の違いに満ちてしまって、人間がつくる世の中とずれてしまうんですよ。それはもう言葉にも出ていて、日本語ほど感覚を残している言語はないって私は思っているんですが、日本語にはオノマトペ（擬音語）がたくさんあるでしょう。これ、欧米人の理屈からすればダメなんですよね。「幼児語」だって言うんです。「雨がしとしと降る」の「しとしと」も、どの程度の雨量なんだって。

今もみなさん、感じがいいとか悪いとか、ウマが合う合わないとか、「感覚的な」コミュニケーションはしょっちゅうしていますけど、結局、それらもぜんぶ生来の感覚から離陸させて、論理や概念に置き換えようとしている。「人は乱暴だよ」って、いつも思うんですよ。

**養老**　さっき無駄っていう話がありましたけど、なんで私がトガリネズミの解剖をやったのかというと、体重が二グラムでしょう。これだけ小さいと、いろんなものが省略されているので、「何が無駄か」というのが、少しわかるかなと思ったんです。ところが、調べてみると腎臓であろうが、肝臓であろうが、哺乳類としての最小限のキットを、一応、全部持っているわけです。人間の指にはファーター・パチニ小体という振動覚がたくさんありますが、これ、猫の腸間膜なんかにも無数にあるんですけどね、トガリネズミにも、背骨の左右に「一個ずつ」ある。「一個ずつあってもしょうがねえだろう」って気がするんだけど（笑）、あるということは、たぶん必要な部品なんですね。

**山極**　体重に比べて表面積がすごく大きいから、維持するのは大変でしょう。

**養老**　そうなんです。だから、年がら年じゅう食ってます。一日に体重の半分くらい食べる。それで一晩でも食わせないと、あっという間に何が壊れるかというと、肝臓が壊れる。

ようするに、肝臓を食べ始める。自家消化しちゃうんです。実験用に野生のネズミを捕まえて、ちょっと飼っておいて標本にするんだけど、見るとね、みんな肝臓が壊れている。「あれ？」って思いましてね。なんで壊れるんだろう、何か悪いものを食ったんじゃないかって思うわけでしょう。しかも、壊れる前に何が起こるかって、脂肪肝になるんですよ。肝臓が自分を壊して脂肪肝になって、エネルギーを蓄えようとしていたわけ。ともかく変な生き物でしたね。暇があればまた調べたいって思っているんだけどね。

**山極**　その、「維持コスト」という意味で言えば、人間の脳は大きすぎますよね。

**養老**　大きすぎます。ゴリラの約三倍くらい。

**山極**　はい。チンパンジーの四倍くらいありますから。霊長類学者はみんな興味を持つんですよ。なんで人間の脳はこんなに大きいのかって。

脳は非常にコストが高い器官なので、維持するには大量のエネルギーが必要です。そのために肉食を始めて、火を使って調理を始めたり、食物の消化率を高めて食事の時間を減らしたり、腸を縮小して余分なエネルギーを脳に回すという、「臓器間のトレードオフ」

が行われたという説もあります。なんでそうまでして、大きな脳をつくる必要があったんでしょう。生きる上では、そんなに大きな脳は必要ないわけです。人間が他のサルや類人猿、あるいは他の哺乳類と、生きる上で何が、どれだけ切実に違うのかということが、まだわかっていないんですよ。

じつは大きな脳は余計なことをいっぱいしていますよね。例えば「恋愛」なんていうのは、ゴリラから見ると馬鹿馬鹿しい話なんです。プラトニック・ラブなんて子どもを産めませんから、生物としては無駄じゃないですか。ゴリラにすれば、脳を大きくしたことの負の副産物にも見えるでしょうね。逆に言えば、それが人間の非常に「人間的な部分」で、そういう無駄が、人間的な社会を生んだのかもしれません。そこがまだ突き止められていない気がします。恋愛というのは、相手がわからないから成立するものですよね。相手がわからないからコミュニケーションするのは、動物もそうなんだろうけれど、人間はそこに、繁殖とは結びつかない、恋愛という妙な接着剤をつくった。共感性を高めて、相手と一体化したい、でも一体になれないというジレンマの中で生まれたものだと思います。

大きな脳はそういうことをしているわけですが、そもそも、なんで脳が大きくなったのか、養老さんに思い当たる節はありますか？

**養老**　なんで大きくなったかって、私はとりあえず「偶然」だと思っているんですよ。おそらく遺伝子が絡んでいて、脳というのは、発生的にいうと皮膚と同じ外胚葉《がいはいよう》なんです。ある時、皮膚の遺伝子に大きな変化が起こった。それで何が起きたかというと、皮膚の毛足が短くなりました。毛穴の数と密度はチンパンジーも人も変わりませんが、この変化によって、人間の毛が短くなっちゃった。

もうひとつの変化は、人の汗腺が、毛根と分離しました。ほとんどの動物は、脂肪を出す脂腺と汗腺と毛根が「三位一体」ですが、人の汗腺は、毛根とは別に開いちゃった。だから、水のような汗をかく。汗をかけるのは、ほぼ人間だけなんですね。馬が汗をかくのは、毛の根元に開いてるアポクリン汗腺から出るもので、人の汗とは違います。「カバが血の汗を出す」って言いますけど、やっぱり汗腺が違う。皮膚が大きく変化したことと、脳みそが大きくなったことは、遺伝子の上で絡んでいると私は思います。おそらく発生時の、外胚葉関係の遺伝子の一部が大きく変化したんでしょう。

**山極**　なるほど、面白いですね。確かに、頭ジラミとゴリラから移ったと言われる毛ジラミがすむ場所を分けた時期を調べると百万年から百八十万年前という話で、その時代に人間の体の毛深い部分が島状になった。つまりほぼ裸《はだか》の体になったんだと言われています。

ちょうどそのくらいに、脳が大きくなっていますよ。

**養老**　私はむしろ「勝手に起こった」という感じがするんですよね。たまたま、脳を大きくしたやつが生き残ったという。「毛が短くなった」ことと、「脳が大きくなった」ことは、完全に結びついてると思いますね。脳が大きくなるっていうのは、大脳皮質が大きくなっただけなんだから。

**山極**　毛が短くなって何が変わったかというと、「毛繕い《づくろ》」ができなくなりましたね。ニホンザルやチンパンジーを見ていると、年がら年じゅう、毛繕いをやっています。毛繕いをし合うことで、親しく共存できる。それがなくなるということは、毛繕い以外の、何らかのコミュニケーションを考えなければならなくなった。

**養老**　私はそこが、ひょっとすると、まだ出来上がっていない気がするんです。人はこういう社会をつくりましたけど、触覚を非常に無視しているんですね。いちばんはっきりしているのは、「コンクリートの都市」です。触覚って、哺乳類になってから非常に発達するんですけど、人間がつくっている社会では、触覚は比較的利用されないんですね。コンクリートのビルなんて、誰も触る気がしないでしょう。触ることを拒否していますよね。私は鎌倉で育ったので、子どもの頃、お寺でよく遊びましたけど、柱や欄干なんかはぜんぶ木で、つかまったり、ぶらさがったり、けっこう楽しい環境でした。今はどこもコンクリートでしょう。下手をしたら怪我しますよ。コンクリート打ちっぱなしの建築とかね。あんなもの、よくつくるよと思うんです。

## 触覚ぎらい

**山極**　考えてみると、動物園のサル山は、十九世紀からずっとコンクリートなんですね。最初にロンドン動物園がコンクリートでサル山をつくった。ヨーロッパにはサルがいないので、どんな環境にいる動物なのか、わからなかったんでしょう。樹木の少ない岩山にいるマントヒヒが昔から知られていたから、サルは岩山に棲んでいるとみんな思っていて、そこで、掃除がしやすく、見物もしやすい岩山をコンクリートでつくって、そこにヒヒを棲まわした。そうしたら、ヒヒの手足が血だらけになっちゃって。それで、おがくずを撒いたり、地面を半分土にしたりするわけだけど、自然の岩ならどうもないんですよ。コンクリートだからまずいわけです。ところが、世界中の動物園がずっとそれを踏襲して、コンクリートでサル山をつくり、エサを撒いて、糞だらけにして、洗剤を撒いて掃除するっていうことを続けてきました。健康に悪いこと甚だしいんだけど、日本では最近やっと改められましたね。

**養老**　コンクリートっていうのは一種の「触覚の忌避」ですよね。「ペンフィールドのホモンクルス（小人）」ってあるでしょう。脳の地図。身体のどの部分が、脳のどの部分に対応しているか地図にして、そのまま人の形に描き起こすと、唇と手、指先が非常に大きい姿になるんです。それほど触覚は、脳の中で大きな面積を占めるのに、あまり利用されない。

じつは触覚って言語をつくりやすいんですよ。「点字」がそうでしょう。普通の人は麻雀牌の模様ぐらいしか知らないんだけれども、点字をやってみるとわかるように、言語ができちゃうんです。触覚だけで。あるいは下町の工場の熟練工が、手で触るだけで十ミクロン単位以下の凹凸を感じるっていう話、よくありますよね。触覚というのは信じられないくらい精度がいい。脳を大きくして、言語能力まで持っているのに、触覚の文化がまだ出来上がっていないというのが、私の意見なんですよ。

**山極**　人類最初の壁画って「手の形」ですよね。一番古いのは四万年前のもので、インドネシアや、ヨーロッパでも発見されていて、色を吹きかけた手の形がいっぱい壁についている。手というのは、まさに触覚の入り口ですよね。

ゴリラやチンパンジー、オランウータンも、彼らは他の個体と触れ合う時に、手を使うんです。ただ人間と違って手の「甲」を使う。というのも腕を前に伸ばすと、手の指が内側に曲がってしまうんですね。そうやって指のフックを安定させて、木の枝につかまっているわけです。人間の場合、腕を伸ばしても、手の指を自由に動かせます。枝につかまる能力の代わりに、細かな器用な手になったのは確かなんですよ。触覚を通じて、人間と人間が、あるいは人間とモノが触れ合うっていうことが、非常に多彩に起こっていたのかもしれません。それが今、養老さんがおっしゃるように、忌避されてしまうのはどうしてなんでしょうね。

**養老**　触覚の「直接性」が人間には嫌なんでしょうね。じつは感覚って、すべての五感が二重構造になっているんです。視覚は目の網膜の他に、光受容細胞を持つ松《しょう》果《か》体《たい》があります。これ、鳥までは間違いなく光受容をして脳につながっていたんだけど、哺乳類では脳との関係が切れちゃっていて、性周期や日照時間といった、自分の体のいわば生物時計としてはたらいています。聴覚の場合、音を「聞く」ようになるのは生物が陸に上がった後だから、わりに新しいんですね。だけど、体の平衡や、重力を感じる半規管や前庭器官はかなり古い器官です。さらに受容器だけではなく、自分の身体全体で、加速度を測ったり、音の振動を感じている。そこも二重になっています。

触覚もたぶんそうなっていて、もともとは温痛覚で感じる「痛み」ですが、熱いとか冷たいとか、肌感覚であるとか、自分の身体とまさに関係し合います。嗅覚、味覚にも、フェロモン物質のように、我々が意識ができるもの、できないものがあって、それぞれに末梢器官が違っています。自分の身体に関係するもの、あるいはその原始的なもの、もっぱら外界の情報を受け取るもの、五感というのは、それらの二重構造になってると考えたほうがいいと思うんですね。

**山極**　そうですね。味覚と嗅覚っていうのは化学反応ですから、これは一緒なんですよね。

**養老**　しかも、味覚と嗅覚は、解剖でいうと、末梢から入った刺激が大脳新皮質に五十パーセントしか行かないんですよ。五割は辺縁系という古い部分に直接入っちゃうんです。

ところがね、残りの三つ、視覚、聴覚、触覚は全部、大脳新皮質にぼんと入ってきます。

**山極**　ああ、触覚もそうなんですか。この三つの中で視覚、聴覚っていうのは、言うならば「実体化」できるんだけど、触覚は、まさにこう、実体化できない感覚ですよね。触っている人と、触っていない人は、同じ感覚ではないので「共有」できない。

**養老**　だから私、視覚、聴覚、触覚は「一緒にするべき」だって、いつも言っているんです。触覚ってね、例えば、知らない人の手をいきなり握ると、特別な意味を持っちゃう。それを証明するのに、ある時、居酒屋で隣の知らないおっさんの手を握ってみたんです。そうしたら、ぱっと逃げちゃいましてね（笑）。

**山極**　なるほどね。社会的な理由で分けられているんですね。ダイレクトに見る。ダイレクトに聞く。ダイレクトに触る。とりわけ触覚は、誤解が生じやすい（笑）。おっしゃるとおり、触覚というのは、非常に直接的ですね。

　人間の赤ちゃんはまず最初に、周囲の世界を触覚で捉えますよね。次は、何でも口に入れてなめてみたりして、味覚で捉える。そして、嗅覚っていう具合に、だんだんと自分の身体と離れたものを、理解の対象にしていくわけですよね。その過程を十分に行わないと、総合的な判断を身体ができなくなるんです。最後に視覚がくるんだと、僕は思いますけどね。逆に、人間の身体の信頼性というのは、触覚、味覚、嗅覚、聴覚、視覚の順で薄れていく。子ども時代はそういうものをつくり上げていく時代なんですね。その時に、周囲がその感覚を押しとどめて、発揮させないでいると、その子どもは、自分の中できちんと納得をしながら、世界を理解していくことができなくなる。

## つながる感覚

**山極**　ゴリラの集団を見ていて面白いのは、昼寝などの時、ベッドをつくらずにいっしょに眠る時にはね、お互いにみんな体のどこかが「接触」しているんですよ。これは犬でも猫でも、ペットを飼っているとわかります。飼い主の足元に来てちょこっと触れる。この体でつながっているという感覚は、とても重要みたいですね。

**養老**　重要ですね。とくに人間の子どもはそうですよ。

**山極**　「お母さん、手をつないで」って言いますでしょう。あの感覚は非常に根源的な、個体と個体のつながりを表していると思います。人間同士だけではなく、その先にある世界そのものとつながっているような安心感がありますよね。人間が根源的に求めている感覚なんだと思います。人間の場合、「手でつながる」ことが第一になるんですけれど、動物には蹄《ひづめ》しかない手もありますからね（笑）、尻尾でつながったり、胴体でつながったり、ゴリラは「腹」でつながります。でっかい腹をくっつけ合って、つながっているんです。

そういう「感覚」というのは、何なんだろう。まだきちんと検証されていません。検証されないまま、現代では「脳でつながる」ことが当たり前になって、子どもたちがスマホを手離せないのは、そのつながっている感覚を保持したいがためなんでしょうね。最近、気がついたんですけど、ゴリラやチンパンジーは、一週間でも集団を離れてしまうと、もとに戻れないんです。彼らの群れは体の接触を通じたつながりで維持されていて、そのつながりを絶って、いちど集団を出て行ってしまうと、その個体は「死んだも同然」になるんです。ふたたび戻る時は、「別の個体」として戻ってこなくちゃならない。

そうした経験は、おそらく、我々の中に根源的に刻み込まれている。人間はその「不在の時間」を徐々に広げていって、体と体だけでなく、モノによるつながり、さらにポータブルな言葉によるつながりをつくり出し、今では言葉ですらなく、何らかのシンボルをSNSで発信しておけば、つながっているという感覚を得られるようになりました。その「感覚」を求めていることには変わりはありません。面白いことに、離れていると、相手に対していろんな操作が可能になりますよね。密着してしまうと、操作ができない。一体化すると身動きが取れなくなるんです。

ゴリラを観察していて発見した出来事に、「のぞき込み行動」というのがあります。ジャングルの中で、ゴリラとゴリラが、顔と顔をつき合わせてじっとしている。僕らの感覚からすれば、「ちょっと近づきすぎ」ですが、それが「ゴリラの距離」なんですよ。顔をものすごく近づけて相手をのぞき込んでいる。いったい何をしているんだろうって、ずっと思っていたんですけど、それは相手と「一体化」することなんですね。一体化をして、何らかの誘いをする。逆に、一体化を受け入れたら、誘いを受け入れざるを得なくなる。

人間の母親なり父親が、まだ言葉のわからない子どもに対して、顔を近づけて言うことを聞かそうとする。あるいは、言葉がわかる子どもでも、「お母さんの言うことをよく聞きなさい」とか言って、顔を近づけるのは、相手と一体になってコントロールしよう、支配しようとする無意識の行動だと思います。離れるとまた、言葉によって相手をコントロールしようとする。言葉を持ち始めたから、言葉によって操作し合うっていうことを始めたんじゃないかなと思いますね。

**養老**　それがまた、メールに代わっちゃってですね。

**山極**　対面すらしなくなった（笑）。これから、どうなっちゃうんでしょうね。毛繕いに代わるコミュニケーションっていう話ですが、「タッチ」っていうのがあったと思うんです。毛繕いは「毛を分けられている」という感覚しかなくて、それが、人間のような皮膚になると、「愛撫」になります。犬や猫を撫でて、背中をかいたり、腹をかいたりしてやるのと、人間の毛のない肌をかいたり撫でたりするのは、まったく違う感覚ですよね。私も毛が短いですから、（毛を）分けられている感覚はわかりませんけども、おそらく相当強い人間同士のコミュニケーションが生まれたのではないでしょうか。触覚をはじめ、五感というものを見直すと、何らかのヒントがあるのかもしれませんね。

# 第三章　情報化の起源

## ビッグデータ

**山極**　僕はフィールドワーカーですから、「個別の経験をもとにして語れ」っていうことをよく言われました。「お前、何を体験してきたんだ」と。「何を聞いてきたんだ」じゃないんですね。聞くことっていうのは「情報」ですから、そうでないものを語れというんです。

自然の中に入っていって、サルやゴリラを見て、個別に体験したことを、自分で情報に変えて、人に伝えるのは、大変苦労するわけです。見たこと、聞いたこと、感じたこと、とくに見たことは情報になりやすいけれども、「感じたこと」は、情報になりにくい。だけど、その中にやはり普遍的なものを見つけたいと思うからこそ、フィールドに行くわけですね。

養老さんが新種を発見したという話、これ、「新種を発見した」っていうのを、普遍化しなきゃいけないわけですよね。で、新種って、それが新種であるかどうかを調べるのが大変なんです。これにいちばん時間がかかるので、分類学者は、もうサジを投げてしまうことが多い。だから、個別の体験というものをいかに共有できるような形にするか、これがまさに「情報化」なんだと思います。

それが今、情報化する側から、押し寄せてきているわけで。情報というのは所有できませんから、どんどん勝手に世の中に広がって、サイバースペースで姿を変えて、「これが真実だ」というふうに迫ってくる。そういう時代に、今、生きちゃってるから、我々は、我々自身の身体によって生きてるんではなくて、情報によって生かされているという時代を迎えつつあるんじゃないかなと。

**養老**　私もしみじみ思うのはね、解剖学が何をしているのかというと、人体を「情報化」する作業なんですね。ただ、今はもう、その意識がほとんどなくて、学生たちはすでに情報化されたものを、運転するっていうか、利用するというか、もうすでに教育がそうなっちゃっていますね。だから、身体という訳のわからないものを見て、それを何とか人に伝えるように、「そこに名前をつける」っていう行為がまずあったんですけれども。その前に、名前をつけるためには、今おっしゃったように、いろんなことを知ってないといけないわけです。

それがもう、「先生、これ、名前がありません」っていう。その言葉を「つくり出す行為」っていうのを、我々はじつはやってきたんだけれども、そんなこと、今の若い人は夢にも思ってないでしょう。すべてのものには、すでに言葉が付着しているわけですね。「情報化する作業が手抜きになってるでしょう」というのは、私も前から、気にはなっていたんです。既製の情報を運転すればいいわけですよ。そうして、その下請けを少々、コンピュータにやらせておけばいい。その典型がビッグデータでしょう。「どうやって集めたか」っていう意識もほとんどなくて、勝手にデータを集めていると、いつの間にか結論が出ているという、そういう時代になっちゃった。

およそ人間が手抜きをしてるでしょう。そうすると、ビッグデータにしたがって、例えば社会的なことをやっていくと、アメリカみたいな奇妙な社会ができてくる。つくっている本人は気がついてないっていうかね。なぜかっていうと、「方法がきちんとしてるから、それでいいんだ」っていうことですよね。

科学と宗教の違いでね、書いたことがあるんだけど、科学って、やることがはっきりしていて、手段がきちんと決められている。ただし、「行く先がわからない」んですよ。そのとおりにやっていったらどこへ連れて行かれるかわからない。宗教は行く先を決めたんだけど、「どうやったら」行けるのかわからない。そこら辺が人間の持ってる矛盾っていうのかな、ややこしいところですね。

**山極**　それがもう、ＡＩに表れていますよね。ＡＩは「情報検索機械」だから、あらゆるデータに一定の目的を与えてやれば、あっという間に答えを出すわけなんだけど、ＡＩ「自体」が目的を見つけてくれるわけではない。ＡＩにそれを任せてしまうと、とんでもないことになります。

　そういうことを思い出したのは、最近、イスラエルの歴史学者ユヴァル・ノア・ハラリ（１９７６〜）が、『サピエンス全史』（河出書房新社）という本を書いて、人間が言葉をしゃべり始めた頃に「認知革命」というものが起きた、その時代から人間というものを歴史的に見る必要があるんじゃないかって言い出したからです。ハラリは、認知革命によって人間はまず初めに「知らないことを知った」と言います。「知らないを知る」ことが、人間の知識への渇望の「出発点」だったと言うんだけど、僕は、それはちょっと違うと思ったんですね。

　僕は、人間がゴリラやチンパンジーの生息域から離れて、新しい土地へ旅立とうとする時、ゴリラやチンパンジーが持ち得ない、好奇心が芽生えたと思っているんです。未知の場所には、いいことがあるんじゃないかって。

## 草原へ旅立つ

**山極**　動物というのは非常にコンサバティブですから、知らない場所に行きたがらないし、基地となる場所にだけいて、基地の仲間だけと暮らそうと思うわけです。保守的であるのは、身を守るためという合理的な理由もあります。ところが、気候変動や地殻変動が影響したと思うんだけれども、類人猿の祖先や人間の祖先が、それまで暮らしていた地域から未知の場所へ出て行かなければならない事態になってきたんですね。

その中で、最も保守的なゴリラは未知の場所へは出て行かず、むしろ熱帯雨林のど真ん中で暮らすことを潔《いさぎよ》しとしました。だから逆に、非常に食性を広く持つようになったわけです。豊かな場所で、ほとんどフルーツを食べて暮らしていたゴリラは、フルーツが少なくなった時、何を食べるかっていうと、これまで食物としていなかった、硬い葉や、地上の草を食べ始めて、食料不足をしのぎました。その時、チンパンジーも生息域を広げましたが、サバンナ（草原）までは行かなかった。

その頃、人間の祖先は、ゴリラやチンパンジーの棲む森を後にして、草原へ出て行ったんです。ゴリラにしても、チンパンジーにしても、彼らはそれぞれの五感でもって確かめられる食物を採取して、自分の手で採った食物を、その場所で食べていました。その中で、人間だけが、採取した食料を別の場所に「運んで」、他者に分配するという行動を始めます。他人が運んできた食物を食べるようになった。他人が採取して運んできたものを「食べる」というのは、他人を信用する、その食物を信用するということです。これが、情報化社会の始まりであると、僕は考えています。つまり、食物が「情報化」したわけですね。

自らが採っていない食物を、自らが採ったかのように信用する。それがまずは、人間と、ゴリラやチンパンジーを分けた非常に大きな点だと思います。人間が森を離れることができたのは、食物のある森を離れても、食物を運べるようになったからで、人類の歴史はそこから始まったんじゃないか。

チンパンジーもゴリラも、食物の分配はするんです。でも運ぶことはしません。人間だけが食物をその場で食べるのではなく、仲間のいる安全な場所へ運び始めました。これはものすごく大きな出来事で、例えば、肉食動物であれば、自分で、あるいはグループで仕留めた肉は信用できる。しかも肉食動物の場合、親が肉をいったん口に入れて、胃の中に留めておいて吐き出すっていうことはやるから、いったん「食べて」いるわけです。だから、それも「信用」できる。しかし人間の場合には、見たことのない食物が他人の手で運ばれてきて、それを口にするのだから、それは危険なもので、命を落とすかもしれないというリスクがあります。アフリカではいまだに、「食物による毒殺」が頻繁に起こるんですよ。我々、現代の都市に住む人間は、そういう疑いをほとんど持たなくなっています。流通機構というものを信用する社会になっている。情報化された食物を、疑いもなく食べるような社会に生きちゃってるわけです。僕がアフリカへ行ってよく注意されたのは、「飲みかけのコップを机に置くな」ということでした。毒を入れられるかもしれないから「飲み干していけ」と。それほど人々は食物に関して警戒心を持っている。とくにアフリカの場合、毒を入れるのは親族が多いんですね。そういう社会に、じつは我々もつい最近までいたということです。

他人に生命を委ねることによって、人間は他者との信頼関係を築いてきた。これが人間と、類人猿、ゴリラやチンパンジーとの、大きくたもとを分かつ部分でした。

とはいえ、人間はサルの子孫です。肉食動物は数日に一度肉を食べればもちますが、人間は類人猿の仲間だから、毎日食べて、毎日排泄《はいせつ》しなくちゃならない。しかも、類人猿のような強靱《きょうじん》な体を持たない人間は、食物という生命線を他者の手によって賄い合うことでしか、生き残ることができなかった。

そういう危険な地域で暮らしてきたことが、人間と人間のあいだに食物という、個々の感覚でもって安全を確かめて食べなくてはならないものを「他人の手に委ねる」結果になり、それが逆に、人間という種の強みをつくり出しました。

人間の進化の歴史は、「弱みを強みに変える」ということを繰り返してきました。じつは、人間は弱い動物なんです。それを人間の社会力の源泉にしたからこそ、これほど大勢の人が寄り合いながら、類人猿にはない高い結束力を持ち得ることができたんだと思います。「情報社会」はそこから始まってるというふうに思います。

## 言葉の誕生

**養老**　最近、私、「人と動物の意識はどこが違うか」って、よく考えるんですよね。人は相手と自分を「同じ」とみなします。今言われた食料でも、他人が持ってきたものと、自分で採ってきたものを同じにする。動物はそれが、やっぱり「別々」なんですね。人はその別々なものをひとつにして頭の中に入れて、その入っちゃったものが情報です。ここで問題になるのは、やっぱり「感覚」の問題ですね。なぜ問題になるのかというと、感覚というのは、外界と結びついているからです。人の意識は外界との関係を断っても、その中に閉じこもることができる。なぜそれができるのかというと、言葉には「同じ」という機能があるからです。面白いことに「同じ」ができると、「言葉が生まれる」んですよ。
　例えば、人はリンゴという果物を全部、「リンゴ」という言葉でまとめることができる。感覚が中心の動物は、一個一個のリンゴは別のもので、いちいち「全部違う」と思っているんじゃないでしょうか。そのヒントのひとつが、絶対音感なんですよ。動物は絶対音感なんです。音の高さが違うと、「違う音に聞こえる」という、この問題をクリアできない。だから逆に、我々の使っている言葉は、じつはすごく変ではあるんですね。同じって言っても、「物理的には」同じって言えません。それを同じとみなすのが言葉であり、情報なんですよね。

**山極**　そうですねえ。それはそのとおりなんだけど、同じ価値を「共有する」というのは、じつは動物にもあるんです。例えば、フルーツがありますよね。動物のフルーツの好みって、みんな非常によく似通っていて、人間のような「こいつはこのフルーツが嫌いで、こっちのフルーツが好き」っていうような個性は、ほとんどありません。だから、みんなが好きなフルーツをめぐってけんかが起こります。その「けんかを防ぐルール」というのが、動物には発達している。パートナーの好みにしても、動物はかなり似通っています。コンペティション（競争）を防ぐような仕掛けが社会の中に組み込まれていて、個体の行動に反映しているんですね。

ニホンザルなんかは、エサを撒けばみんな寄ってくるんだけど、強いものが最初に取る。弱いものは強いものが取ってから、興味を失ってから食べるっていうぐらいに、けんかを防ぐように社会ができている。それは自然界への欲求というのが、種が同じである以上に、かなり「均質である」っていうことに拠ってるわけですね。

人間の場合にはですね、そういうものを前提としているんだけれども、それから一歩距離をおいて、言葉という抽象物にしたところで個性を伸ばした。だから、言ってみれば「商売」が成り立つわけですね。あの人間はこっちを取るけど、私はこっちを取るという、両者間では、違うものを、「等価交換」することができるようになった。

言葉はアナロジーですから、それを頭の中で入れ替えながら、本来ならば違うものを「同じ価値を持つもの」として頭の中で意識することができる。これは言葉の持つすごく大きな特徴だと思います。

ただ、それは言葉ができてから起こったことであって、その前にあったことっていうのは、養老さんがおっしゃったように、その言葉は頭の中に収められます。しかも非常に抽象化した形で収められるから、事物そのものの記憶を頭に収めるよりも、よっぽど安上がりなんですね。

だから、ずっとこれまで疑問にされていた、人間は脳が大きいから頭がいいんだっていう話はね、ちょっと違っていて、言葉ができるまでは人間は、事物だとか人々の性格だとかいう過去の記憶みたいなものを、全部頭の中に収めていたわけです。養老さんが言われるように偶然はあるけれども、そういう意味では、脳容量を大きくする必要があった。でも、言葉ができた以降は、容量、小さくてよくなっちゃったわけですよね。

ようするに、抽象化することでポータブルなものにする。自然界の事物というのは何でも重さを持っていて、しかも引きはがすことができないものだってあるわけです。言葉というのは重さがないですから、そういう事物も全部、頭の中に記号として入れ込んで、いざそれを出す時に、実際の自分がこれまで出会った事物に引きつけて開張することができる。言葉で伝えられた相手もまた、その自分が体験した世界の記憶に応じて、その記号として与えられたものを、また広げていくという、やり取りを始めたんですね。

そういう方式をつくり出したっていうのは、じつに経済的、効率的な行為で、やっぱり言葉は、効率化にすごい役立ったんじゃないかって思うんです。

## 交換するということ

**養老**　いま言われた中で、引っかかったというか、とくに重要だと思ったのが、「交換」という言葉ですね。動物に交換はありませんよね。「自分」と「相手」が交換できるようになるのが、人間のいちばん大きな特徴で、「相手の立場だったら」と考えることは、自分の中にしかないことだけど、「自分が相手だったらどうするか」っていうことを知るために、人間社会は動物の社会から「離陸」したんじゃないかなって思うんです。それは四歳段階か、五歳段階で起こることが、認知科学では最近よく言われるんですね。

**山極**　食物分配行動が、食物「交換」行動に変わる瞬間ですね。分配行動にもいろいろな段階があって、ゴリラもチンパンジーも、あるいはオマキザルだって、食物を分配することはあるんです。だけど、「向こう側の意識に立って」ということは、まずないですね。ただし、「時差のある交換」っていうのがあるんです。これ、なかなか確かめようがないんですけど、自分の食物を分けてあげて、その少し後に交尾が起こるとか。あるいは、そのことによって援助行動が増えるとかね。度々、確認されたので、それも交換というふうに呼んだんです。

食物を分けたことによって、受益者が何らかの恩義を感じ、その食物を与えてくれた個体が窮地に陥った時に助けるっていう行為が出る。そのお返しみたいな形で、交尾を受け入れてあげるっていうようなことが起こります。だから、ボノボなんかは食物分配が「売春の始まりだ」なんてことを言われていますけどね（笑）。ただし、その現場で価値の違うものを相互に交換するというようなことはできません。人間にしかできないことなんでしょうね。

それでね、僕は、言葉以前の人間社会っていうのは、やっぱり身体でつながり合っていたと思うんです。すべての動物は、身体を通じて自然とつながってます。その典型的な例が「食物」ですが、食物以外でも、寝場所であるとか、つねに五感を通じて自然とつながってるわけですね。とくに哺乳類は嗅覚が発達しているから、鼻面を地面につけて歩いています。これは「におい」というのが彼らの情報のいちばん確かなものだから。

地面というのは「キャンバス」なんですね。動物の足跡、いろんな昆虫の在りかが、嗅覚、化学的な刺激でもってわかるから、鼻面をつけて歩いている。

人間は二足で立って歩くことで、鼻面というものを、つまり嗅覚の世界から「離脱」させちゃったわけです。サルがそもそも、そうなんですけど、木の上で暮らし始めた時、視覚と聴覚を優位にして、あとの三つの感覚っていうことを押しやってしまったから、嗅覚、味覚、触覚っていうのは、リアリティを示すものではなくなったんですね。

だけど、ただひとつ、食物だけは実際に口に入れるものですよね。「口に入れる」っていうことは、味覚、嗅覚、触覚で味わうことになるので、そこが人間の、自然を受け入れる境界になったわけです。これだけは逃れることのできない話。

ただ、人間は地面から離れて物事を理解するということをサルの時代から始めて、さらに二足歩行になり、群れとしていつもまとまってるどころではなくなって、互いに離合集散しながら、個体同士が視覚、聴覚的な信号によって情報を伝え合うようになる。つまり、目で見ていないもののリアリティというのを信じ込むようになった。感覚の変更の結果として、言葉は出てきたわけですね。

## 意味と創造

**山極**　言葉というのは、聴覚と視覚を利用する話ですから、そこでさっき養老さんがおっしゃったように、絶対音感から相対音感に変わらざるを得なかった。つまり、どんなトーンで話しても、中身が一緒でないと困る。そこに、じつは重要なことが出てきた。つまり、「意味」なんです。言葉は意味を伝えるものなんですね。

ゴリラやチンパンジーを見ていても、彼らの行動は「空間的な出来事」です。時間的には発生していない。したがって、基本的に「因果関係」がありません。あるものと、あるものの「つながり」はわかります。ただし、それが「良い」「悪い」という形のコミュニケーションにはなっていかないんです。それは、自分の行為を振り返って、あるいは他者の行為と自分の行為を比べてみて、そのどちらが正しかったか、どちらが良い結果に結びつくかというような意味を、そこで考えないと、出てこない話なんですよね。

再帰性といいますか、フィードバックというものは、言葉が生まれてくると発現する。そこがじつは、非常に大きかったと思いますね。フィードバックによって、社会は均質化していきます。因果関係が共有されるようになると、みんなが同じようなことを繰り返さなくなるから、方向づけが起こる。結果、知識を「蓄積」するようになるわけです。

ところが類人猿の場合、ゴリラやチンパンジーは、知識を蓄積しません。その時の事象に留まるだけです。「それらしき行動」が出てきても、その瞬間、真似ることはできるけれども、蓄積し、共有をして、確信が生まれるという、個々の体験が「新たな行動の変化」に結びついていくことはないですね。これがサルと人間の大きな違いだと思います。

人間だけが行為を共有し、新しい創造《クリエイション》を積み上げることができた。

## 蓄積する文化

**山極**　僕が非常に疑問に思うのは、例えば、「オルドワン石器」というのが、二百五十万年前に出てきました。たんに石を打ち砕いてナイフに使ったような石器なんですけど、そのつくり方というのは、数十万年間、変化しませんでした。その後に出てきたチョッパーっていう握斧《あくふ》も、これもまた、形状としては百万年近く変化をしなかった。多少はエラボレート（仕上げ加工）されましたけどね。今の我々の考え方から見ると、不思議でしょうがないんですよ。すぐにでも改良は加えられたはずなのに、なぜ変化をしなかったのか。それはまだ、蓄積する文化じゃなかったんですね、言葉がまだ出てきていなかった。

人間が今のような言葉をしゃべり始めたのは、おそらく七万年前後昔と言われています。南アフリカのブロンボス洞窟で抽象的な模様が発見され、赤色オーカーが使われた跡が見つかるのが七万五千年前、その辺りから、シンボルを使った言葉のようなものが出てきた可能性が高いと言われています。

それが四万年前のヨーロッパになると、もう爆発的に、さまざまな変異が出てきます。装飾物が出てきたり、壁画が出てきたり、楽器が出てきたり、次から次へと、今の我々の文化につながるような遺跡が出てくるんです。それは、言葉が「蓄積する文化」をつくったからでしょうね。ネアンデルタール人が三十万年前にヨーロッパやアラビア半島に登場して、どんどん北半球で栄え始めた。おそらく、彼らも言葉をしゃべっていただろうと言われていますが、現代人のような言葉ではなかったはずです。蓄積する文化を、あるいはクリエイションする文化をもたなかったということでしょうね。情報の質と使い方は「言葉」によって一変した。これは確かなんです。

# 第四章　森の教室

## 二つの教育

**山極**　僕が子どもの頃は、身近に自然が残っていて、虫や動物とさんざん遊んだ感覚は、身体にまだ残っているような気がしています。さっき、自然とつながる感覚が子どもには大切だって、養老さんもおっしゃって、僕も本当にそう思うんですね。今、これほどの人工的な環境の中で、子どもがどうやって育っていくのか、危惧しているんですよ。

人間とサルが他の哺乳類と違うのは、成長期が長いことです。とりわけ人間の成長期は長くて、その長い成長期の中に、二つだけ変な時代があるんですよ。それは「離乳期」と、「思春期スパート」の時期です。人間は成長期が長いにもかかわらず、つまり成長が遅いのに、一年、二年でお乳を吸うのをやめちゃう。離乳だけは早いんですね。

オランウータンは七年もお乳を吸うし、チンパンジーは五年、ゴリラも四年、お乳を吸います。人間だけが一、二年でやめるんです。永久歯が生えてくるのは六歳だから、ゴリラもチンパンジーもオランウータンも、お乳離れをした時は、永久歯が生えそろっている。人間の子どもだけが乳歯のまま離乳します。

そうすると、お乳以外のもので、大人の食べ物ではない、乳歯でかみ砕ける柔らかいものを食べなくちゃならなくなる。その時期、人間の子どもには、言葉や味覚などに、いろんな臨界期が生じます。何が「食べられるもの」か、どんな環境が自分のものになるか「探索行動」が始まるわけですね。それには自分一人じゃ無理だから、親の手、親以外の上の世代の助けが必要になる。お乳を吸うのをやめて、自立した食事ができるようになる六歳までの離乳期間、少なくとも四年間は、その子どもが、いかにうまい「出会い」をするかということが重要になります。

この時期の出会いの中で、子どもは自分というものを確立していく。それも、自分一人ではできないので、周囲が「教育」をするわけですね。それが第一の教育。

次に、思春期というのは、身体が大人になってくる。男の子だったら精液が出る。睾丸が発達してくる。女の子なら生理がくる。だけど、まだ子どもは産めない。産めない時期が数年続くわけです。これが「思春期スパート」です。脳の成長が止まり、一方で、身体の成長は加速する。身体は女や男になっていく。だけど、すぐさま大人の世界に入るとトラブルが生じるから、その時期を、特別なモラトリアムの時代として過ごせるように、ここにまた教育が必要になります。

この二つの教育は、人間だけにある期間なんです。サルにとっても、学習は必要だけど、上の者がわざわざ手を差しのべて先導したり、背中を押したりしてやるようなことはありませんん。人間だけ「お節介」になったのは、この二つの時期を、彼ら子ども自身が学ぶというだけでは乗り切れないからなんです。だから教育っていうのができてきた。そうして、その時期の人間は、何百万年というあいだ、自然を「教材」としてきたわけです。自然がもうひとりの教師でした。想定できないようなものに次々と出会い、周囲の力を借りながら、それは優しい出会いとなって、子どもは生きる力を身につけていったんです。

でも、今、人工的な環境物に取り囲まれていて、あらかじめ予想できる、答えがわかっているものに出会わされちゃっている。今の子どもが、じつは、答えを早く求めるような学びの仕方をその二つの時期にしてしまっている。これがね、じつは人間をダメにしていくんじゃないかというのが、僕の危惧なんです。養老さんはどう思われますか。子どもの時から、虫との出会いがたくさんあったほうがいいですよね。

**養老**　子どもってね、面白いのは、保育園くらいの子どもたちっていうのは、虫の好き嫌いがいっさいないんです。それが小学校に入るくらいになると、急激に好き嫌いが出てくるんですね。好き嫌いって、社会性もかなり絡んでると思います。ただ、保育園ぐらいでも女の子はちょっとおませだから、早く出てくる場合もありますね。

# 好き嫌い

**山極**　たぶん子どもって、周囲の反応に同調するんじゃないでしょうか。周囲の子どもが「あー、毛虫」とか言うとね、「あ、私も毛虫が嫌い」ってなるんです。周囲が「あっ、クモ、嫌い」ってなると、自分も「クモ、嫌い」ってなるんですよ。最初の出会いっていうのが、けっこう重要で、やっぱり、自分が見たこともないものに対する警戒心は、大小の違いはあれ子どもは持っているはずですよね。

**養老**　そう、それはありますけどね、やっぱり、哺乳類の本能的なものもあって、チンパンジーがそうですってね。ゴキブリが嫌いなの。

**山極**　やっぱり、ちょろちょろ動くものは嫌いですよ。

**養老**　動画で見たことがある。チンパンジーの背中にゴキブリが登ってきて、それを一生懸命払い除《の》けて、「ついてるんじゃねえだろうな」って必死にやっていましたよ（笑）。

**山極**　チンパンジーはハエも嫌がりますからね。

**養老**　ヘビ嫌いとクモ嫌いは、明らかに分かれるんです。クモの嫌いな人はだいたいヘビが大丈夫。ヘビの嫌いな人は、クモが大丈夫。

**山極**　そうなんですか。面白いなあ。

**養老**　周りの人に聞いてみると、女房が完全にそうで、ヘビがダメなの。見たらすっ飛んで逃げるけど、「クモは平気」だって。

**山極**　結局、「脚がない」ものと、「脚が多い」もの（笑）。人間って、不思議なことに、赤ん坊の頃から自分の姿形を知っているんですよね。だから、自分に似たものに対して親近感を覚えます。明らかに違っているものに対しては、不気味な感じを抱くわけですね。だから、ムカデとかね、ぞっとするんです。

トカゲなんかは、まあ結局、脚の数はたくさんあるわけじゃないし、頭と胴体と脚が、きちんとわかるじゃないですか。なので、そんなには嫌いにはならない。カエルなんかもっと嫌いじゃないと思います。

**養老**　私の場合、夜釣りでクモヒトデを釣り上げた時、しみじみ嫌になりましたね。

**山極**　脚、「五本」あるじゃないですか。脚もあるし、しかも多すぎない（笑）。

**養老**　夜だから、一本一本がヘビに見えるんです（笑）。普通はまあ、そういうものに、関心は持たないでしょう。

**山極**　だから、子ども時代に自然に接していないと、じつは自然と親しめない。いま思うと、子どもってそういうものに残酷なんですよね。僕も子どもの頃、ヘビやカエルを殺したり、蝶々にひもをつけて飛ばしたり、いろいろやりましたよ。あれは、大人から見ると残酷と思われるかもしれないけど、子どもはそうやって虫の世界、あるいは動物の世界に入っていけるんですね。そういう感覚を体験したかどうかというのは、それ以降の、大人になってからの自然を見る感覚に影響してくると思います。

**養老**　非常に重要ですよ。都会の生活って、乱暴にそれを切り離しますからね。関心を持つ以前に、「虫、嫌い」みたいな。たんに、そういう大人になっちゃうわけで。

## 教育の成果

**山極**　虫にしても、動物にしても、小さい頃から自然に接していないと、つき合い方もわからない、つまり、自分でコントロールできるものばかりとつき合っていると、「共鳴」が生まれないんですよね。これは、予想できない動き方をするものに対して、呼応できる身体をつくる、重要なトレーニングです。よくあるのは、山菜採りに行くと、そこら中に山菜はあるのに見えないんですよ。でも、ちゃんと見つけるコツを覚えると、ここにも、あそこにもって、見えてくるんですね。

　虫でも動物でもそうだけど、僕らはもう、サルを見つけるの、慣れているから、ちょっと葉っぱが動いただけで、「ああ、いるな」ってわかります。初めての人はわからない。気がつきもしない。やっぱり自分で学ぶ必要があるわけです。

自然の中に自分の身体をおいて、その世界に自分をとけ込ませていく。その中で、自分が受け取るものがあるんですね。そういう覚え方をしないと、自分の身体や心を使って、自然と遊ぶようにはならないんじゃないかなって気がします。

**養老**　いちばん悪いのは、課外授業かなんかで、子どもを山に連れて行って、「それで何を学びましたか」ということを、紙に書かせて先生に報告させる。お話にならないです。

**山極**　それは初等・中等も、高等教育も、みんなそうなんだけど、今、どんなものにも、すぐに成果を求めますね。「どんな能力がつきましたか」とか。教師の側も「成果をきちんと出してください」って言われるんだけど、「それはまだわからないですよね」って言うしかない。何十年も経って、その子がすごい立派になってるかもしれないし、大失敗をして死ぬかもしれない。それはもう、どっちにしたって「成果」なんです。それでもみんなが、成果や結果をすぐに求める。

**養老**　それでもう、しょうがないから、いま私がやっていることは、一昨日も行ったんですけど、「虫捕り」と称して、保育園の子どもを連れて山に登って、午前中ずっと遊んでるみたいな。それでいいんですよ。以上、終わりって。

**山極**　何かね、「目的」があるのがいいんですよね。昆虫採集でもいいし、植物採集でもいい。サルを見るのでもいいんだけど。何かひとつ目的を持って森を歩いていると、いろんなことに気がつくわけです。

**養老**　ひとりでに気がつくんですよね。

**山極**　そうそう。それが重要で、気づきがいっぱい積み重なっていくのが面白い歩き方だと思います。

**養老**　なんにも教えてないのに、子どもが枯れ枝を一生懸命むしって、何を持ってくるかって、「キノコ」って言って持ってくるんだよ。それが、傘のキノコじゃなくて、ぺちゃっとくっついちゃって、カチカチになっているんだけど、やっぱり子どもはちゃんと「キノコ」ってわかるんですよね。四歳児か五歳児ぐらいで、ちゃんとむしってきて、「キノコ」って（笑）。生き物だっていうことがわかるんですね。

**山極**　素晴らしいね。だから、やってはいけないのは、「図鑑を持って歩かせる」こと。「これ、何？」「図鑑を引いてごらん」「これだよね」「あ、これこれ」って。これは動物園と一緒ですね。これをやったら、自然観察にはまったくならない。「何だろう」って思うのが大事なんです。

今西錦司さん（日本の霊長類学の創始者。1902〜1992）が言っていたことだけれども、「生物というものには、必ず生きている場所がある、その場所を抜きにしては、その生物が生きていることにならない。まずは、その生物を見たら、その生きている場所を見ろ」と。全体としてその生物を理解しないと、その生物を知ったことになりません。図鑑を引いて、「あ、これだった」で終わりなら、「本物を見た」ことにならないわけですね。それでは「学び」にならないんです。学ぶべき人たちに、生きた知識が入っていかないって、僕は思います。インターネットに流通する、膨大な量の断片的な知識を眺めて、何かをわかった気になっていると、「生の自然」とぶつかった時、まったく対応できない事態が起こります。すでにそれは、大人の世界でも起きていて、「それでいいんだ」って開き直られると、困っちゃうんですけどね。

**養老**　今日も悩んでいるんですよ。なんでみんな、「それでいいんだ」って思うのかって。この前、ＡＩを使った介護っていう話に、意見を求められましてね。患者のデータを大勢集めて、それをみんなで共有して、例えば、「患者の目を真正面から見る場合は二十センチの距離がいちばんいい」とか、対人関係をデータ化している。だから私、「そんなの、最初に、料理屋の店員に使ってよ」って言ったんです。客のほうをどのぐらい向くかとか、どういう時に客を見ればいいとか。というのも、娘と一緒にしゃぶしゃぶ屋に行って食っていたら、真ん中に店員が立っていて、ずっとこっちを見ている。「客が食べてるのを見るんじゃないの」って娘が怒るんだよ（笑）。

**山極**　なんて言うかな（笑）、心地よいものばかり求めていったら、ダメになると思います。ムカッとしたり、嫌悪感をもよおしたり、そういうのがいろいろ混じっていてこそ、人間同士のやり取りなのでね。それをＡＩが分析したら、心地のいいものばかりつくる可能性がありますよね。ある程度、嫌悪感も混ぜたとしても、その後の対応というのも、うまくまとめてしまうような形として処理するでしょう。

データどおりにふるまえばいい。自分は決して傷つかない。だから、緊張感も覚えない。ぜったい最後にはうまくいくはずだっていう、その考えでつき合ってしまう。それは普通、生物界ではあり得ないですよね。何が起こるかわからないっていうのが生き物なわけでね。

**養老** うまくいかなくても「俺のせいじゃねえ」っていう。そういう人ばかりになる。マニュアルどおりにやってるんだもの。

**山極** そうなんですよ。釣りだってそうでしょう。毛針をつけて、絶対釣れるはずだと思って、放り込んだって、来ないってことがあるわけじゃないですか。かかったって、「思ったやつじゃなかった」とかね。「ここに放り込んだら必ずこういうものが釣れるぞ」っていって、本当にそればかりになったら、面白くないですよ。何が起こるかわからない。だから、生き物としての人間の特徴をきちんと踏まえながら、子どもの成長を社会がどう支えていくかっていう、そういうことも考えないといけないって思うんです。

## 危ない世界

**養老** 教育という話で、私が気になっているのはね、子どもが減ると、小学校が統廃合するでしょう。「どうして？」という声が上がらない。そういう疑問を聞いたことがない。子どもの数が減ったんだから、先生、忙しくてしょうがなくて、夏休みまで学校に出てるんだから、「子どもの数が減ったら一人一人丁寧に見ることができるようになるね」っていう話を、ひと言も聞いたことがない。

子どもが減ったから、小学校が統廃合する。「必ず」統廃合するんですよ。つまり、今までの教育で「十分だ」って言ってるんです。そうでしょう？　子どもが減ったら、コストを減らすために学校を減らす。ずっとこれをやっているんです。何、それ（笑）。議論にもならないよね。

**山極**　今、大学もその論理で来てるんです。おっしゃるとおりです。それで、先生が忙しくなったぶん、何でそれを補うかというと、「情報通信機器を多用せよ」。さっきの図鑑みたいな話ですね。そこにあるものは、人間の視覚にやさしくできているカタログです。しかも動かない。生物は動くものだっていう感覚を、忘れてはいけないんですよ。だから、目の前からいなくなるわけで、それでも追って行かなくちゃいけない。これは大変なことなんです。だって、みんな動いて、全部違うわけだから。それを人間の視覚の中に閉じ込めちゃったのが、標本であり、もっとそれを簡単にしたのが、図鑑なんですね。

標本は触れるし、どこからも眺められるし、なにより物体がまだ目の前にあります。でも、図鑑っていうのは、一面でしかないわけですよね。それはね、人間の言葉と一緒で、言葉をしゃべってるうちは、声もあるし、個性も出てくる。声の色合いも違うから、感じ方もいろいろある。それが文字になった途端に、化石化して、一面的で色合いを持たず、自分勝手に解釈が可能になってしまうわけです。それがさらにシンボルになると、意味合いがおかしな方向に拡大していってしまう。だから、そういうものばかりが今、インターネットの中に浮かんでいます。

僕はね、養老さんの言葉を借りて言うと、自然というものを情報化しちゃったことが大きな間違い。これ、情報化できないものなんですよ。しかも、個人個人の感じ方が違うわけで、誰もに共通な情報なんか、自然から得られるわけがない。それが自然の在り方なので。それを情報化して、我々が共有できると考えてしまったために、非常に危ない世界をつくりつつあるんじゃないかと思いますね。

**養老**　丸山眞男（政治思想史学者　1914〜1996）がね、こんなことを書いているんです。「学者はその無限に多様な現実を掬《すく》い上げるもので、その時に網の目からこぼれた、指の間からこぼれたものに対する無限の哀惜《あいせき》の念を持ってなければいけない」って。

これ、まさに今の山極さんが言われたことでしょう。とにかく、現物っていうのは、こっちが勝手に情報化するので、その時、いろんなものが落ちていくんですね。私はそれを「感覚」だって言っているわけだけど。いろんなものが「こぼれ落ちていく」っていうことに、社会全体が無自覚なんですよね。

**山極**　そうです。だから、僕が離乳期の子どもたちの教育が必要だと言ったのは、別にその答えがわかっているからじゃない。でも、子どもは子どもなりにあの小さな身体で自然を吸収して、大人がもはや感じ取れなくなった自然の息吹というものを身体に取り入れてるわけです。その取り入れて言葉にならない体験というのが、その個人個人が生きていく上で、とても重要だと思う。

**養老**　それ、非常にきれいに出ている、具体的な例がありますよ。花粉症とか、ああいう病気を起こさない、罹《かか》りにくい子っていうのは、母親が二歳ぐらいまでの間、家畜小屋なんかに出入りするような生活をしていた子なんです。知らず知らずに抗原に接しているということですけど、何も免疫に限らないんです。従来、人が当然、通ってきたはずのものに触れてないんですね、現代人っていうのは。

**山極**　今、腸内細菌のほうで、そういう話が見直されてますけど、例えば、生まれてから六カ月以内に抗生物質を使うと、肥満体型になりアレルギーが出てくる。その抗生物質でいったん腸内細菌を洗い流してしまうと、免疫体系が確立されなかったり、あるいは腸内細菌叢《そう》が確立できなかったりして、精神的にも身体的にも、不安定な状態になるっていうのが、言われ始めています。子どもの成長によくないんじゃないかって。

目に見えない細菌ばかりでなく、自然界がつくってくれた、虫はその中で非常にマジョリティだと思いますけど、刺激に晒《さら》されることで、人間の身体が耐えうるようにできていく。それが成長過程であって、そこを薬で排除してしまうと、刺激に反応できなかったり、過剰反応を起こしてしまうような身体になってしまう。心もそうですよね。我々は言葉ができてから、言葉というロゴスの中ですべてを解決するように教育されてきたと思い込んでいるんだけど、じつは身体はいろんなものを学んでいるんだと思う。

**養老**　神経系統もね、もう生まれてすぐの時の話は、私が現役だった三十年ぐらい前から、かなりはっきりわかってます。例えば、それこそ、誰でも知ってるでしょうけど、縦縞しか見せなかった猫は、一生、横縞が見えないんですよ。どういう意味かっていうと、横縞を見せてもランダムな模様としてしか見ていないことが、脳みそを測ればわかる。縦縞には、はっきり反応するんですけどね。

そういうのは、生まれてすぐに起こるんだけど、神経系は死ぬまで同じルールでやっているはずですからね。だから、入らないものは入らない。入らなくなっちゃうんです。具体的な自然の背景っていうものの中で、人はそもそも進化してきたのだから、その過程は一応、踏まなきゃいけないわけです。それを、今のような環境に子どもを放り込んじゃうと、私は非常に心配なんですよね。ようするにもう、「受け付けない人」ができちゃう。

## 手間がかかるヒト

**山極**　どんな生き物も本能だけで生きているわけではなくて、生まれてから同じような形をしていながら、個性を現していくのは、それぞれの環境に応じて学んでいくからです。ただ、教育というのは、不思議なことに、動物はあんまりやらないんですよね。唯一やるのは、「教示行動」です。これをやるにも、条件が二つあって、ひとつは教える者と教えられる者が、知識の「差」を理解していること。つまり、教えられるほうは「この知識は自分は持ってない、だから、教えてもらおう」と理解していて、教える側にも「こいつはこの知識を持ってない。自分は持ってる」という理解がある。双方が「知識のギャップ」を理解していないと、教えるという行為は成立しません。

もうひとつは、教えるほうが自分の利益のために教えるのは、教えではない。「結果として教えている」となっても、それは教示行動とはいえません。相手を利用して利益を得ていることになってしまう。人間であれ、動物であれ、教育あるいは教示行動を認める条件って、この二つなんですね。それが見られるのは、肉食動物と猛禽《もうきん》類ぐらいしかいないです。それも、親子に限られています。

例えば、ライオンなどの肉食動物は自分が捕った獲物を生かしておいて、ちょっと傷つけて、弱らせておいて、自分の子どもたちに捕まえさせようとする。これは立派な教示行動ですね。自分の利益をむしろ、おとしめてるわけですから。

猛禽類も、例えば、ミサゴなんかは、いったん捕まえた魚を空中までくわえてきて、それをわざと落として、子どもたちに狩りの練習をさせます。これもまあ、ライオンと一緒で教示行動と言えるだろう。だけど、彼らはそれを親子間でしか行わないんです。親以外の大人が、自分の子どもでもない、よその子に教えるという行為は一切ありません。

チンパンジーにも、わずかにそういう行動が見られたことがあります。例えば、チンパンジーには、「シロアリ釣り」という道具を使う行動があるんですね。シロアリは塚の中にいて、見えませんから、細い枝やつるを突っ込んで釣り出すわけです。子どものチンパンジーは、何をどうやっていいのかわからないので、じいっとそれを見ている。すると母親のチンパンジーが、ゆっくりと枝を塚の中に入れて、釣り出して食べるところを見せて、まだシロアリが釣れるのにもかかわらず、枝をその場に置いて、その場を離れたっていう行動が観察されています。ひょっとしたら、教示行動に当たるんじゃないのと言われています。

ようするに、「その程度」しかやらないわけですよ。子どもの手をとって、「こうやるんだよ」なんてやる類人猿はいません。なんで人間が「教える」というような、お節介を始めたのか。いまだによくわからない話なんです。さっき話した、幼年期が長くなったっていうせいもあるんでしょうけどね。人間の幼児は脳が大きくなったせいで、とにかく脳に過大な栄養を要求されるから、身体の発育が遅れるわけです。そうすると、身体の発育が遅れた状態で、しかも多産なものだから、つまり、お母さんが次の子どもを産めるように、自分で何もできないのに乳離れをさせられてしまう。

乳離れをしても、自分で何も食べられない状態なんですね。だから、親と親以外の大人たちが、頭でっかちの、なんにもできない幼児に食物を与えなくちゃいけない。その子どもに、お母さんからお乳をもらわずに、自力で食物を探して、食べられるように教え込まなくちゃいけない。本来なら、六歳ぐらいまでお乳を吸っててもよかったはずなのに、二歳ぐらいで乳離れさせられてしまう。その四年間を、周囲の大人が、手取り足取りで、「こうやって食べるんだよ」って教えてあげないと、子どもは自立できなかった。
「教える」はこうやって始まったって、僕は思っていて、お母さんのお乳から離れてから、永久歯が生えそろうまでの四年間がものすごく大事です。
　でも今や、世の中がどんどん複雑化して、覚えることもどんどん増えてくる。成長期が延長しているっていう気もしているんですけどね。

**養老**　まあ、乳児の時代はわかりませんけど、学校教育の場合、結論的に言うと、学ぶというのは「独学」ですよね。それ、京都大学もそうじゃないですか、違います?

**山極**　いや、そうです。自学自習ですから。サルはね、教育はしないけど、間違ったことをすると怒るんですね。だから、子どもがいけないことをすれば、怒られるってことを、わかっている。

**養老**　それ、「教育」ですよね（笑）。

**山極**　教育なんですけどね。僕が言ってる人間のユニークな教育というのは、先回りして「こうするんだよ」と。つまりフィードバックじゃなくて、「フィードフォアード」をやっていうことですね。これが人間の面白いところで。一見、京大は本当に冷たい教育なんですよ。誰も教えないっていう。「お前ら、勝手に学べ」というのは、京大の伝統であって、よく聞いた話ですけれども、ある数学の先生は教室に入ってきて生徒のほうを一度も見ずに、黒板に数式を書いて、それで帰って行ったっていいます。今でもそういう先生がいますけどね。それから、哲学者の西田幾多郎（１８７０〜１９４５）は、「私の生涯は極めて簡単なものであった。その前半は黒板を前にして坐した。その後半は黒板を後にして立った」と言っています。いずれにせよ、昔、板書は当たり前ですから、板書されたものを学生たちが写す。それだけが講義だったって言っても過言ではないですね。

**養老**　学校って、何かを教わる場所だと、みなさん思っていませんかね。学習というのはようするに「自習」なんですよ。

**山極**　京大の先生には、議論を吹っかけられたら「受けて立たなければならない」っていうのは必ずあって、だから、わざわざ質問に来る学生に対しては、非常に丁寧だったですね。でも自分からは教えに行かない。だから、とにかくゼミが多いんですけど、ゼミで「食い下がる」っていうことは求められていましたね。

僕らははっきり言って、飲み屋で勉強をしていました。人と話をすることが議論になる。それには酒の力を借りないと。飲み屋で議論を吹っかけるのも、ずいぶん奨励されていましたね。学習というのは「自習」と「対話」だと思います。

## 自然の捉え方

**山極**　さっきちょっと話したことですけど、今西錦司さんが晩年、「自然学」ということを言い始めたんです。「自然科学」ではなく、「自然学」をやりたいんだと。科学の分析的な視点ではなく、自然の全体を見ることが重要なんだと。例えば、サルの行動だけを追うという話ではなく、サルが棲んでいる場所すべてを俯瞰的に見ながら、そこから学ぶっていうのが「自然学」。分析的ではないですから、何も答えをきちんと出すというような話ではないんですよ。分析や言葉によってこぼれ落ちてしまうものに気がつくことは必要ですね。

**養老**　いちばん重要ですね。つまり、今の学問って、かんたんに「意識化」されちゃうんです。コンピュータが典型ですよ。コンピュータは、自然から何かを拾ってくること、おそらくしないでしょう。ビッグデータだって、同じものを「数」として拾っているわけだから。自然学では、その「意識化されないもの」が、非常に重要だっていうことですね。

　自然に触れている時に、何かいろんな「影響」を受けてるんだけど、本人もわかってないんですよ。そこなんですね。それを今の教育制度だと、すぐに、点数にして出せっていう話になっちゃう。医者をやってみればすぐにわかるんだけど、患者さんからその医者が何を学ぶかっていうことが大事なんです。だからといって、患者が意識的に医者に何かを教えてくれるかといったら、そうじゃないでしょ。それで良い医者、悪い医者の両方がどんどん生まれてくる。医者が経験を積むというのは、そういうことです。患者は何も教えないんだけど、患者が「教師」なんですよ。その究極が、解剖です。だって、相手は死んでるんだもの。自分が学ぶ以外に、学びはないんです。

**山極**　そうですね、もっと言えば、自然科学をやっている人間は、自然現象の「背後」に隠れている「法則性」を導き出せと言われて、その法則性ばかり追い求めてきた。ところが、法則性を求めて、自然現象を予期できるようになるかというと、そうはならないわけです。ここにある虫が飛んできた。「何が起きますか？」って、わからないのです。それでも、とんでもないことがいっぱい起こってるわけでしょう。

法則性は自然現象の一部にすぎません。偶然と必然じゃないけど、自然界では人間の予想もできない組み合わせが無限に生じており、そのありさまは、法則性や規則性ばかり追い求めてると、目に入ってこない。あるいは聞こえてこない、香ってこない。自然というものを、まったく捉えていないことになるわけですよ。

**養老**　とにかく景色がいいというようなところね、好きなところに行ってみるといいんです。私の場合、新緑の季節の、四国の山の自然林なんだけど、ほんとうにいろんな緑があって、山桜も咲いていて、ものすごいパッチワークなんですよ。それをずうっと見ていると、何を思うかっていうとね、「なんでこんなに気持ちがいいのか」と思う。そこでは、自然の法則性の存在をたしかに感じます。しかしそれは、文字に起こして意識化できる法則性じゃありません。この景色の中にある、何億年もかけて織りなされてきたものと、私が完全に「共鳴」してるだけなんだと思うんです。そこなんですよね。自然に法則性はあると思います。だけど、その法則というのは、メンデルの法則とか、そういうものとは違うわけで。

**山極**　違うんですね。そうなんですよ。しかも、僕らは人間だから、ゴリラやサルと同じような五感を持って、とくに視覚が非常に強いので、視覚で確かめたものしか単純化できません。それが今、ＡＩが持つ情報に還元されちゃってるわけだけど、自然はそんなものではなくて、ゾウならば違う感性で自然を感じてるだろうし、ネズミも違うだろうし、いろんな「感じ方」があることを、人間は忘れているんですよ。

**養老**　ＡＩにしてみれば、その四国の自然林の新緑っていうのは「ランダム」ですよ。でもじつは、ランダムじゃないんですよね。だからといって、「どういうふうに並んでいるんですか」って言われても、これを見つけるのは容易じゃありません。

学生によく聞くんだけど、木の枝って、めちゃめちゃにこう、いろんな方向に伸びているじゃないですか。あれにも一定のルールがあるはずでしょう。一本の木は最大限の日照を受けるために、何億年もかけて決めているわけです。

**山極**　そうですね。それでも一定方向には並ばないんですよね。

**養老**　そうなんです。あれが、あのまま「答え」なんだよって。それがひとつの答えなんだ。

**山極**　やっぱり問題は、人間は「意味」を求めすぎてしまう。自然現象の法則性に、究極の何らかの意味があるだろうと思ってしまうんですね。そう思うこと自体、ひょっとしたら間違いかもしれない。意味なんてないわけです。意味がないところに意味を見出そうとするから、こういう文明社会が生まれ、なおかつ取捨選択をして都合のいいように世界をつくり替えようとする。そこをもう一度、思い直さなくちゃいけないんでしょうね。

**養老**　だから最近、私はよく言っているんです。会社のえらい人、課長クラス以上の人、職場の机の上に「でっけえ石を置け」って。

**山極**　ほおー。

**養老**　するとね、「何ですか、これ」って、みんな聞くでしょう？　「石だよ」って（笑）。つまり、意味のないものが世界に存在しているっていうことが、今、もう、わからなくなっちゃっている。そうでしょう？

**山極**　うーん、そうですよね。人工的なものって全部、意味を持たせてあるからね。

**養老**　そうなんです。とくに新しいオフィスほどそうなんです。無意味なものが何もない。人間にとっての意味が必ずある。だから相模原の「十九人殺し」（２０１６年、相模原「津久井やまゆり園」殺傷事件）になるんでしょ。「ああいう人たちの人生にどういう意味があるんだ」って、犯人が言っているわけだから。

**山極**　いや、怖いですね。人間をも、意味がある、意味がない、で分類されてしまったらね。それで、僕はね、その時にさっき言った「型」は生きてくると思うんですよ。「自然を見る作法」ってあるわけです。それは、例えば、シカを見るのにね、遠くにいて見えにくいからって、シカにわーっと近づいていっちゃう、そういう若者がいるんですよ。馬鹿じゃないかと思うんだけどね。シカが逃げちゃうじゃないですか。そんな近づき方をしたらダメだと。そおっとね、シカの行動に合わせて近づいていって、脅かさないように見て、じいっと待ってるっていうことが必要なわけです。それも、やっぱり共鳴なんですよ。自然の佇《たたず》まいに共鳴しなければ、向こうは振り向いてくれません。それ、昆虫採集もそうですよね。そういうことをせずに、自分の都合だけで自然を理解しようとする。情報社会の悪いところですね。何でもかんでも情報にしてしまって、手間のかかることは機械がやってくれるだろうっていうので、無理矢理シカに近づいちゃうようなことをやってしまう。

俳句に俳句の作法があるのと同様、自然を見るのにも作法がある。同じことなんだと思います。そこにきちんと身体や心ごと入り込んで、修練すれば見えてくるものがあり、自分が納得して自己表現をするものがあり、そこでまた新たな対話や会話が生まれるわけで。そういう意味での型をきちんと修得すればいいと思うんです。

## 道徳と教育

**山極**　我々の社会はいま、ルールを重視して、共感や感性を軽視し始めています。ルールがあるんだから、ルールにしたがえばいいって。ルールっていうのは、昔は「道徳」や「慣習」でした。教科書がなくてもよかったわけです。

なぜなら、となり近所が筒抜けになっていて、なんか悪いことをすれば人々の噂にのぼる。あるいは、変なことをして、人々の噂にのぼる人を見ている。ああいうふうになったら、みんなから笑いものになるんだなとか、みんなから後ろ指をさされるんだなっていうことを、身に染みて感じる機会が、子どもたちにはあったわけでしょうから。

それが今、なくなっちゃって、全部スマホの中に入っちゃった。人間が均一化されて、自分と同じようなものだという感覚で、子どもたちが育っちゃうわけですよね。それで、たぶん「自分が、自分が」という、自分の権利を主張するだけで、他の人が陥っている危機や苦境というものに対する共感を抱かせない話になっている。

最近、東京ではとくにそうだけど、「満員電車なんかに子どもを連れてくるなよ」みたいな、公衆の感覚も目立ち始めていますね。子育てをしている人たちは、ある意味、優遇されているんだから、優遇されている場所に行きなさい。そういう人のために、政府はお金を出しているんだから、「我々みたいに優遇されていない人たちの間に割り込むなよ」っていう感覚が、日本の中にちょっと蔓延《まんえん》し始めている。

老人席があるでしょ、身障者の席があるでしょ、そういう人たちはそっちへ行けばいい。

逆に言えば、「我々は普通の席に座る権利がある」っていう、「先着優先」の思想が染みついちゃっている。しかも、低所得者に政府が補助金を出すと、受給者に対するバッシングなんかも広がって、中間層が自分たちが恩恵を受けていないということに対して、腹を立てている。優遇措置や支援を受けている人たちは、本当は働けるはずなのに働いてない、というふうな感情を抱きがちになる。普通の人々が、みずから格差をつくり出すという、そういう社会の中で子どもが育つわけですね。

**養老**　それをさっき、「和魂」って言ったんです。暗黙ですからね。どこかに明文化されているわけじゃない。書かれていないから、消えるんですよね。ひとりでに。

## 論理 vs. 感覚

**養老**　数学者の新井紀子さんがね、『ＡＩ vs. 教科書が読めない子どもたち』（東洋経済新報社）に書いているんだけど、学校教育で「読解力」が伸びるのは中学生段階までで、高校生になるともう伸びないっていうんです。彼女の言う「読解力」っていうのは、単純な言葉を使った論理能力で、例えば「エベレスト山は世界でいちばん高い山だ」っていう例文がある。

「これが正しいとき、次の文は正しいか」という問いに続いて、「エルブルス山はエベレストより低い」という例文がある。これに「①正しい」「②間違っている」「③どちらでもない」の三択で解答するという、きわめて単純な論理的理解なんだけど、これ、かなりの中学生がダメらしいんです。（正解は①：編集部註）

なんでこれがダメかというとね、私は「できない子」を教えていたから、よく知っているんです。これ、「代数」が入ってきた時、必ずみんな引っかかる問題なんですよ。

つまり、「3a－a＝3」って書く子が必ずいる。3aからaを引いたら「3」だろうって（笑）。国語としては正しいんだけど、算数としては間違っていますよね。そこを、どう乗り越えるかなんです。「2X＝6」は、「X＝3」ですよね。だけど、できない子っていうのは、これが「気に入らない」んですよ。なぜかというと、「Xは文字で、3は数字だ」って言うんです。「文字と数字を一緒にしていいの?」って疑問が起こるんです。

これ、その子の中で「感覚」と「概念」が衝突しているんですね。「文字」と「数字」は、概念的にも、感覚的にも違いますからね。数字は論理的なはずだから、それを「＝《イコール》」にしていいのかっていう「気持ちの悪さ」なんですよ。

そもそも人は、「a」と「b」を、違うものとしてつくっています。「a＝b」なら、明日から「b」っていう字は要らない。「a」って書けばいい。「それが論理だろう」ってなる子は、ここで引っかかるんですよ。その子は「読解力がない」ということになります。

私が非常に面白いと思ったのは、ここで問題になるのは論理ではなく、「気持ちの悪さ」なんです。気持ちの悪さって、じつはそのまんま「倫理」に向かうんですね。

「そんな汚ねえことはできない」っていう、言ってみれば、日本の倫理、あるいは日本人の美意識といったものの根本には、この「気持ちの悪さ」があるんじゃないかって思うんですよ。だから、麻布とか灘とか、東大に大勢入るような御三家が、中学で「読解力が徹底的に伸びた」子を選んでいるだけっていうのも、わかります。

読解力は、国立系はほとんど百点、私大系になると早稲田・慶應ぐらいでは少し落ちるっていう、国立大系と、私大系で、違うのが面白いでしょう。官僚はとくに東大、国立系が多いわけ。だから、汚職なんかがあると、すぐそれを思い出すんです。

「わかっちゃう」というのは、逆に危ないんですね。つまり、十九人殺しの気持ち、「本当に」わかっちゃうやつは、十九人殺しになるんです。それで、さらに逆転して、私はアメリカっていう社会が、そこで初めて理解できたような気がしました。

アメリカって徹底的にいろんな背景の人が集まってきて、州議会ではなくて連邦議会になったら、そこで通用することは、「普遍的な理性」だけですよ。だから、アメリカはコンピュータが発達するんでしょう。理性を突きつめるとコンピュータになるわけだから。

**山極**　概念化できちゃうってことなんですよね、アメリカはね。

**養老**　そうなんです。そういう問題でなければ、連邦議会では議論の対象にならないってことです。そういう社会が何を起こすかっていうと、データ主義になり、客観主義になるでしょう。それで、猛烈な格差社会をつくるんです。なぜかって、データは全部、現状であり、過去ですからね。過去の上に、現状を理性的に築いていくと、どういうことになるか。それはアメリカのリーマン証券（ブラザーズ）ではたらいていた女性が、やっぱり数学者なんですけど、辞めてから書いていますね（キャシー・オニール著『あなたを支配し、社会を破壊する、ＡＩ・ビッグデータの罠』インターシフト）。

例えば、シカゴに住む若者が二人、ＩＢＭに応募する。片方は黒人街で、片方は山の手に住んでいる。願書を受け取った会社は、その瞬間に、平均寿命から、交通事故に遭う確率、疾病の確率まで、すべてコンピュータに計算させる。そうすると、会社がどっちを採るかは明らかなんです。格差社会にならないはずがないんですよ。

**山極**　そうですねえ、会社評価とか、人物評価っていうのを「期待値」でもって分析をして、その期待値をどうやってつくるかといったら、全部、情報化して、その実際の違いというものをまったく無視して、数として並列させる。数字を分析するっていう話になっていくから、もう誰だっていいわけですね。

**養老**　教育でいうと、中学の時の、その「a＝bが気に入らない」っていう子をどうするかっていう話なんですよ。今はむしろ、「それができないようじゃ、これからのコンピュータ社会には適応していけませんよ」ということになり始めている。そうするとね、官僚の汚職じゃないけれど、「俺はこんなことはできねえよ」っていう気分になるんです。論理じゃないですからね、「倫理」っていうのは。

郵便はがき

おそれいりますが
切手を
お貼りください。

102-8790

東京都千代田区
九段南1-6-17
毎日新聞出版
営業本部 営業部行

ご記入日：西暦　　年　　月　　日

| | | |
|---|---|---|
| フリガナ | | 男 性・女 性<br>その他・回答しない |
| 氏　名 | | 歳 |
| 住　所 | 〒　　-<br><br>TEL　　（　　） | |
| メールアドレス | | |

ご希望の方はチェックを入れてください

毎日新聞出版からのお知らせ ……… ✔

毎日新聞社からのお知らせ（毎日情報メール）… ✔

**毎日新聞出版の新刊や書籍に関する情報、イベントなどのご案内ほか、毎日新聞社のシンポジウム・セミナーなどのイベント情報、商品券・招待券、お得なプレゼント情報やサービスをご案内いたします。**

ご記入いただいた個人情報は、(1)商品・サービスの改良、利便性向上など、業務の遂行及び業務に関するご案内(2)書籍をはじめとした商品・サービスの配送・提供、(3)商品・サービスのご案内という利用目的の範囲内で使わせていただきます。以上にご同意の上、ご送付ください。個人情報取り扱いについて、詳しくは毎日新聞出版及び毎日新聞社の公式サイトをご確認ください。

**本アンケート（ご意見・ご感想やメルマガのご希望など）はインターネットからも受け付けております。右記二次元コードからアクセスください。**
**※毎日新聞出版公式サイト（URL）からもアクセスいただけます。**

この度はご購読ありがとうございます。アンケートにご協力お願いします。

| 本のタイトル |
|---|
| |

●本書を何でお知りになりましたか？（○をお付けください。複数回答可）

1.書店店頭　　2.ネット書店

3.広告を見て（新聞／雑誌名　　　）

4.書評を見て（新聞／雑誌名　　　）

5.人にすすめられて

6.テレビ／ラジオで（番組名　　　）

7.その他（　　　）

●購入のきっかけは何ですか？（○をお付けください。複数回答可）

1.著者のファンだから

2.新聞連載を読んで面白かったから

3.人にすすめられたから

4.タイトル・表紙が気に入ったから

5.テーマ・内容に興味があったから

6.店頭で目に留まったから

7.SNSやクチコミを見て

8.電子書籍で購入できたから

9.その他（　　　）

●本書を読んでのご感想やご意見をお聞かせください。

※パソコンやスマートフォンなどからでもご感想・ご意見を募集しております。
　詳しくは、本ハガキのオモテ面をご覧ください。

●上記のご感想・ご意見を本書のPRに使用してもよろしいですか？

**1. 可　　2. 匿名で可　　3. 不可**

PR
週刊エコノミスト Online
世界経済の流れ　マーケットの動きを手のひらでつかむ
詳しくはwebで検索　週刊エコノミストonline
価格 月額 2,040円（税込）

# 第五章　生き物のかたち

## 想像する生物

**山極**　人間の持っている大きな力は「想像力」ですよね。養老さんだったら、虫になったつもりで世界を探索できる。僕もサルになって探索できると思っている。だけど、虫になれるわけではないし、サルになれるわけでもない。それでも普段とは違う感性を研ぎ澄まして、世界を理解しようとしている。想像力はね、やっぱり人間の世界を拡張するのに役立ったはずです。実際、人間の感性が広がったわけじゃないんですよね。その範囲内で虫を理解しようとする、あるいは虫とわかり合うことができるようにする。

これはね、動物たちすべてがやってることで、彼らはどこにいても、自分と能力の違う動物に出会うじゃないですか。そこで合意ができなければ共存ができない。その合意形成を、自分の能力の範囲内でやってるかっていうと、その能力とオーバーラップしていない能力を他の動物はたくさん持っているわけだから、やっぱり、自分の能力の範囲内では合意できないんですよね。

でも、それで合意できるということは、何か通じ合うものを、それぞれの能力の範疇《はんちゅう》を

「超えて」やっているわけです。それを機械が感知しなくてもいいんですよ。でも、それでは、人間は我慢ができなくなって、すべてを技術を使い、わかろうとしだしたんです。

そうして、わからないものを、「無視」し始めたんですね。それが人間中心主義。人間がわからないものも、わからなくても合意しなくてはならないものもあるわけです。それは植物の世界だったり、虫の世界だったり、魚の世界であったりするんだけど、でも、それをわからないうちに、「わかったことにして」コントロールをし始めました。

遺伝子に手を付けるようになって、人間がわかりやすい生物をつくり始めました。遺伝子組み換え植物がそうだし、魚もそう、家畜もそうなってきましたしね。本当にそれでいいのかってことです。人間がわかり得ない世界っていうものを、どこかに「置いて」おかなくていいのかっていうのが、今、我々に突きつけられた課題なんですよ。だから、養老さんがヘッドランプを点《つ》けて虫の標本をつくっている時に、どういうふうに虫と会話をされているのかなって、知りたい気があるんです。

**養老**　まったく、こいつら何を考えてるんですかね（笑）。でも、ものを考えるのは、だいたい虫を見ている時ですよ。

**山極**　そうですよねえ。僕は、いまだにやっぱり、不思議でしょうがないんです。虫にしても植物にしてもそうだけど、なんでこんな色や形ができたんだろう。機能や効率だけでできているとは、決して思えないんですよ。でも科学者は、それを因果論で説明しようとするんです。「共進化」や「共生」っていう理論なんだけど、生物間にはコンフリクト（闘争）があって、コンフリクトばっかりやっていては両方生きのびられないから、お互いに姿形を変えて利用し合えるようにしましょうと。

そういうふうに、生物同士の関係も進化してきたっていうんだけど、それを説明するには、あまりにも世代時間が違いすぎるんですよ。だって、虫なんて数日しか生きないじゃないですか、植物は何百年も個体が生きるわけですし、そういう、世代時間が圧倒的に違う生物同士が、どうやって共進化するのか、納得すべき説明を出した人は、まだ世の中にいないってことです。しかも、だとしたら、昆虫だって、こんなに多様な形になる必要ないじゃないですか。

## 形の意味

**養老**　馬鹿みたいな話なんだけど、（ゾウムシの標本を指して）これがオスでね、これ、メスなんです。

**山極**　うーん……。

**養老**　ぜんぜん違うでしょう。ここまで違うと、「何をしてるんだよ、お前」っていう感じになりません？

**山極**　ここまで姿形を変える必要ないですよねえ。

**養老**　そうなんです。これ、「意味がない変化」としか思えないですよね。長い間、虫の形を見てるんだけど、「意味づけ」なんていうのはね、ほんとに意味がねえなって（笑）。

**山極**　現代の科学は意味を見つけようとするんですけど、これは……。

**養老**　「説明してください」って話になって。

**山極**　無理でしょう。わからないですよね。

**養老**　今、見ている虫なんて、脚の付け根の基節《きせつ》っていうんですけど、そこにちっちゃいトゲがあるんですよ、ほんの小さい。それで、他の種と区別する。でも、オスだけなんです。「なんでそんなところに、そんなちっちゃなトゲがオスだけにあるのよ」って、それを説明しようとしたって、わからない。「偶然、そうなったんだよ」って言うしかないよね。ホルモンが働いたら、そういうところが伸びちゃったっていう。

**山極**　とくに形態の問題は、コストで考えることが多いですよね。

**養老**　そうですね。

**山極**　でも、コストで考えても、わからないことだらけですね。だけどね、その逆手を考える生物学者もいて、イスラエルのアモツ・ザハヴィ（１９２８〜２０１７）っていう学者は「ハンディキャップ理論」っていうのを考え出しました。ようするに、ハンディを背負っているっていうのは、「メスから見たら強そうに見える」という理論。ハンディを背負っても健康に生きているのはその個体が「強い」証拠だというので、メスから選ばれる可能性が高くなる。オオツノジカの角とか、ゴリラのシルバーバックとか、こういう目立つような特質って、コストが高いんです。だって、毎年こんなでっかい角を生やしてるの、コストばっかりじゃないですか。だけど、それがあるっていうことは、繁殖に有利だったから。まずは、オスにそれが現れるわけですよ、オスは選ばれる性で、メスは選ぶ性だから、メスはみんな地味にできていて、オスに派手な形質が育つ。これは動物界、みんなそうです。

**養老**　集団でもそうで、「ライオンが来たぞ」とか言ってね、食われるほうの動物の群れの中で、若い元気なのがぴょんと跳ねたりする。ぴょんと跳ねる力があるんだったら、さっさと逃げりゃいいのに（笑）。なにも相手に教えてやることないだろうって思うんですけどね。「ライオンが来た」って。でも、それをやるっていうことは、結局、「それだけ跳ねても俺は捕まる心配がない」という、そういうデモンストレーションだっていうことですかね。

**山極**　どうなんですかねえ。だから、僕はよく言うんだけど、「種の境界よりも性の境界のほうが深いんじゃないか」って。つまり、僕は、ゴリラのメスの気持ちはわからないんだけど、オスの気持ちはわかる。それで、ゴリラのことがわからないというよりも、ゴリラのメスのことがよくわからないっていう感じですね。人間の女性よりもゴリラのオスのほうがよくわかるっていう（笑）。

## オスとメス

**山極**　オスにかけられた社会的期待や、あるいは影響とか、持って生まれてきたものとか、LGBTの時代だから、あんまりオスとかメスとか言いたくないんだけれども、ジェンダーっていう問題ね、生物的なプレッシャーがあるわけですよ。そういう時、やっぱりなんか「似ている」部分があるんじゃないかなって気がしますけどね。

**養老**　子育てをする父らしき役割……。

**山極**　いや、子育ては、種によってものすごい違うんです。オスが一生懸命、子育てをするのもいるし、鳥もそうですね。鳥はいつも番《つがい》をつくるっていうけど、エボシドリみたいに、女房には巣の中にいてもらい、旦那がエサを運んでくるっていう、そういう立派なやつもいれば、番だけつくって、卵は孵《かえ》さないみたいな鳥もいる。カッコウみたいに託卵《たくらん》しちゃうやつもいるし、いろいろですね。哺乳類もそうですよ。

**養老**　タマシギはオスが育てるんだよね。

**山極**　そうですねえ。

**養老**　離婚した子持ちの男を集めて、「タマシギ会」ってつくろうかと思って（笑）。

**山極**　タマシギ会（笑）。コウテイペンギンもそうですね。あれもメスが卵を産んだ後、オスがずっと卵を抱いていています。

**養老**　染色体でいうとね、鳥ってZWがメスで、ZZがオスでしょう。哺乳類はXXがメスでXYがオス。もしかすると、鳥のメスって、哺乳類でいうオスかもしれないなと思っていて（笑）。ZをXに、WをYに、表記を入れ替えれば。

**山極**　卵生と胎生は大きく違いますよ。「卵」って、いったん出しちゃえば、メスが温めようが、オスが温めようが結果は一緒ですから。ところが哺乳類の場合、いったん卵から孵化した胎児を、お腹の中で育てないといけない。これでメスは相当、体力を消耗するし、生まれた後もね、育てないといけない。これが大変。

**養老**　しかも、メスのお腹の中で子どもが育つから、女性ホルモン漬けでしょ。これ、放っておくとメダカみたいに、全部メスになってしまうから、性決定機構をたぶん変えて、オスをY染色体依存にしたんでしょう。

**山極**　胎児の時、男性ホルモンが分泌されて脳が男脳化しないと、おかしなことになっちゃうっていうのがありますね。出産と子育てに絡めると、子どもと母親っていうのは一体化していて、出産をして二つになっても、母親であるメスが違う環境を自分の周りにつくらないと、自分の体の一部として子どもを育てなくてはならないっていうことになるでしょう。そういう経験を、僕をはじめ、オスはできないので、どんな環境が必要で、何が自分の内から湧き出てくるような欲求となるのか、実感できないんですね。それがメスの場合、何回も出産すれば、何年も続くわけですね。その非常に寒暖の激しい「生殖時代」に合わせて、メスの体はつくられていく。オスの体はぜんぜんそうなっていないわけで、そこがね、男と女の、「越えられない壁」なんです。

**養老**　虫から見れば、子育てしなくたって卵なんて産みっぱなしですよ。ゾウムシのオスとメス、普通の分類でいったらね、あれだけ形が違ったら「別の虫」ですよ。

**山極**　まったく種が違うとしか言いようがない。別の生き物。虫は違いがはっきりしていますよね。

**養老**　そうです。雌雄《しゆう》の違いっていうのが、極端に出てきますね、子育てが絡んでないから。生殖行動だけですからね。そこであれだけ形を変えちゃうんだから、それは中身も違うんでしょうよ。頭の中も。

## 外に出る脳

**養老**　生物は「遺伝子系」と「神経系」の二つを持ってるんですね。それでね、面白いことに、両方がたまたま同じものをつくることがあるんです。一つはね、いちばんはっきりしているもので、さいきん見つかったのは、ウンカの幼虫がぴょんと跳ぶんですけど、その脚の付け根の関節が、完全に「歯車」になってます。人間がつくったあの歯車と同じです。人間の歯車は脳がつくっているんですけど、昆虫の持ってる歯車は遺伝子がつくっています。両者がまったく同じものをつくっている。

もっと古い例を言うと、三葉虫の目ですね。三葉虫の目のレンズって、じつは「収差ぬきレンズ」なんです。二つのレンズを組み合わせている。三葉虫の場合、方解石なんですけど、二つの異なる結晶を組み合わせています。化石が割れるときれいに出てくるからわかります。複合レンズと同じなんですよ。ところがね、これをデカルト、ホイヘンス（オランダの物理学者・天文学者 1629〜1695）が、独自に設計しているんですよ。カメラのレンズもそうですけど、これは人間の脳がつくったもの。三葉虫のレンズのほうは、遺伝子がつくるわけですよね。

**山極**　いや、不思議ですよね。そのウンカの幼虫の後脚にある歯車状の機構って、跳躍する時に両脚の動きを「同期」させているんですよね。車輪をつくったというのは、人類史上とてつもない発明だって言われているんだけど、同じ構造のものが、自然界にもあった。人間は脳を稼働させて、頭の中の世界をどんどん拡張しているように見えるけれど、やっぱり自然の摂理を超えていないってことですね。

**養老**　そうです。自然のベースが完全に入ってるんですよ。数学なんかも、人間が頭で考えてると思ってるんだけど、たぶんそうじゃなくて、例えば、脳みそを調べてるといちばんよくわかるのは、「脳みそ自体が外へ出てるな」っていう例がいくつかあるんですよ。そのいちばんの典型がね、「ピアノ」なんですね。ピアノっていう楽器は「経験的に」つくれないと思うんです。ピアノの筐体《きょうたい》はつくれますけどね。

**山極**　弦楽器ですか。

**養老**　弦楽器は、経験的につくれますよね。弦が一本あって、ピンと張ったら音が高くなる。太くしたら音が低くなる。いろいろあるでしょう。そこに、箱をつけたら共鳴して、音量が上がる。ピアノはわからないですね。なんでいきなり、あれができてくるのか。

**山極**　あれも弦楽器のひとつではあると思いますけどね。

**養老**　しかもですよ、鍵盤が全部、等距離にきれいに並んでいるじゃないですか。あんなものを弾くことを考えるんだったら、小指で弾くほうは少し大きくするとか、なんかいろいろ変えてもいいはずでしょう。それをあんなふうに、きれいに同じにして配置しているんです。

**山極**　弦の場合、音はアナログでつながってるけれど、鍵盤は切れてますね。

**養老**　あれってね、一次聴覚中枢の「神経細胞の並び方」と同じなんですよ。つまり、出してる音が、いわば音の対数をきれいに取って並べてるんです。だから、極端に言えば、十の一乗、二乗、三乗、四乗とすると、それを一、二、三、四と同じ距離で並べている。なんと、聴覚の一次中枢の神経細胞を並べたら、そのままピアノなんですよ。

**山極**　へえー、数学的原理に基づいてつくられている。

**養老**　ようするに、対数そのものが「耳」から来ているんだと思います。そういう並び方。もちろん、人間は意識してないんだけど、直線がそうですよね。直線って存在しないでしょう、自然界には。あれは、人間が考えた理想のようなもので、じつは、点を集めて直線にしているんですよね。ユークリッドの公理です。だけど、「一しかないものを、いくら集めたって線にならねえじゃないか」って思ったことないですか。

**山極**　そう、そう、そう。

**養老**　もう、公理を最初に習った時に、そこがどうしても納得がいかない。あれ、何かっていうと、じつは網膜がやってることなんです。網膜って全部、「点」でしょう。点というのは、真ん中が黒くて周りが白いか、真ん中が白くて、周りが黒いかどっちかなんですね。その網膜から、次の中枢に信号が送られる時に、次の中枢で何をするかっていうと、その点を次の中枢でつなぐんです。それはもう、ヒューベル（アメリカの神経生理学者１９２６〜２０１３）以前の仕事で証明されてます。なんだ、人間は、こうやって直線をつくっているんだよって。だから、直線は「頭の中だけに」あるんですよ。

**山極**　なるほど、なるほど。その数学の話でいったって、一と二の間には無限の可能性があるわけでしょう。それを直線というイメージでもって、一から十までつないでいるんですね。網膜と脳はそれを、一、二、三、四、五って、点からつくっている。非常に不自然な話であるはずなんだけど。

**養老**　神経細胞がそれをやってるんですよ。

**山極**　神経細胞が命じてるのか。

**養老**　というか、神経細胞がやっていることを、意識がなぜか知らないけれども、取り出すことができるので、それが「数学」です。

## 抽象化と脳容量

**山極**　なるほど。外部というのは、非常によくわかります。じつは、言葉を持ってから人間は記憶を外部化した。だからこそ、脳容量自体は十パーセント、縮んでいるっていう説があるし、僕の持論でもあるんですよ。一万二千年前は大きかった。しかも、ネアンデルタール人はもっと大きかったんです。一千八百ccぐらいあった。それが今は一千二百ccぐらいしかないということは、脳に貯めてない、ほんらい脳に貯めているべきものを「外出し」にしちゃった。言葉はその出発点で、じつは言葉より前に道具や行為に関するイメージがあったと思うんですけど、それもどんどん外出しをして、いったいどうなったのかっていうことを、聞きたいんです。つまり脳は空っぽになったのか、あるいは脳の中に、人間としていちばん大事な部分がまだ入っているのか。人間には知能っていう部分と、感性っていう部分があって、脳には、もちろん中脳とか延髄とか、知能以外をつかさどる部分もあります。知能というのは、大脳新皮質だと思うんですけど、多くの脳の機能がいま、外出しにされ、それでも残っているものによって、人間の感性に差が出てきてもおかしくないんじゃないかと思うんだけど、どうなんですかね。

**養老**　ご存知と思いますけれども、脳はどんどん間引きます。もしかすると、脳が小さくなるというのは「間引かれている」可能性がある。使わない部分は間引くんですよ。そうすると、たぶん感覚依存が強いと、具体的な技術を覚え込まなきゃいけないので、そうすると、脳みそが退化しないっていうかね。ところが抽象化をしていくと、脳にとっては、非常に省エネになるんです。それで、抽象物に変えていく作業は、山極さんがおっしゃるように「外出し」をして、コンピュータでできるんですよ。現代人はもう、それをやってるんじゃないか。言葉ができると、たぶん、それができるんですよ。しかも、それをネットの上で実現可能になってるんです。ディープ・ラーニング、盛んですからね。乱暴なことを言うと、あるニューラルネットがあったとして、中を見ると、最初は現物とつながっているんですけどね、これを次の階層に移すと、つながりを落として、縮めたものができるんですよ。例えば、見えたものを「猫だ」「猫ではない」と判断できるシステムをつくるでしょ。それを動かすと、猫が抽象物になって縮むので、その分、要らない部分がだいぶできるんです。そこを間引いていくんでしょうね。

**山極**　言葉の発生から、現代のコミュニケーションに至るまで、「生の声」が現物を担保していたわけで、それが文字になると抽象化が進む。今度は、それがビジュアルになって、絵というよりも模様の組み合わせになって、さらに抽象化が進む。そうすると、信号自体は非常に単純になりますね。けれども、インプリケーション（含意）としては、とてつもなく拡大するという時代になって。

だから、誤解が多くなったり、あるいはフェイクが流行り、信頼というものが完全に破壊されてしまうという、もともとコミュニケーションっていうのは、信頼が担保されていた、あるいは信頼をつくる道具だったわけですね。ところが、今度は逆に、コミュニケーションが信頼を壊すという作用を持つようになってきたんじゃないか。僕はすごくそういう感じを持ってるんですけどね。そう思いません？　こうやって、面と向かって、会っている時はいいんですよ。

だから、むしろ、それが武器にもなるわけですね。もちろん言葉はこれまでも武器になってきたけれども、あまりにも戦略的に使うと、今、アメリカでトランプ（大統領）がやっているような、かなりやばい武器になりつつある。そうすると、言葉自体が、あるいはシンボル自体が、信頼を裏切り、信頼をつくる道具にはならなくなってしまった。

人間っていうのは、じつは情報を交換したいという欲求があった。なぜかというと、人間同士がつながり合いたかったわけです。つながるためには、情報が必要であり、つながりを拡大したかった。ところが、情報化されてしまうと、今度は情報によって人が動かされるっていう時代になった。情報が信頼をつくるのではなく、情報自体がその信頼を裏切り、自ら一人歩きをして、人間個人を支配していくという話になる。つまり人間が情報をコントロールするんじゃなくて、情報が人間をコントロールするっていう話になっていくんじゃないかと思いますね。それがまさに、いちばんやばいんじゃないですかね。

**養老**　山極さん、何年生まれですか。

**山極**　僕は、昭和二十七（一九五二）年なんですけど、戦後です。

**養老**　私の世代は、言葉って「嘘しかつかない」って、完全に思っていますからね。教科書に墨を塗ったんですよ、教室で。

**山極**　戦時中はプロパガンダで。

**養老**　それはもうすごい。嘘ばかりです。毎日新聞なんて、嘘しか書いていない。次にどんな嘘が書いてあるかを読むっていう。「この嘘はほんと?」っていう（笑）。

**山極**　それはもう、日本の常識が完全に逆転した狭間にいたわけですよね。

**養老**　しかも、大人は何とかかんとか理屈をつけるでしょうけど、私は子どもでしたから、なんて言うんだろう、理屈ではなくて、情動の中に入ってきちゃってね。だから、少なくとも言葉で言われたことはとりあえず受け止めておくと。それが嘘かほんとかは、後で見ないとわからない。人を判断する時も、結局、言うことじゃなくて、行動で判断することになりますね。しばらく見ただけじゃ、わからないんですよ。

**山極**　疑い深くなったわけですね、子どもの頃からね。

**養老**　わざと疑うっていうわけじゃないんですよ。ひとりでに疑ってる。

**山極**　でもね、それは、戦後すぐの世代の共通点であったかもしれない。

**養老**　ある程度、そうです。

**山極**　だから、まあ、東大も京大もいろんな大学も、学園紛争なんかがあって、それは一九六〇年代ですよね。常識を疑うっていうのが、コモンセンスになった時代がありましたよね。

**養老**　常識を疑うっていうよりもね、常識がないんですよ。

**山極**　常識自体がなかった。

**養老**　そうするとね、つくらなきゃ。つまり、自分の常識をつくる。それが何になったかっていうと、モノになったっていうのが、私の意見。戦後のモノづくりって、結局、我々ぐらいの世代、ないしは上のほうの世代でしょう。モノなら信用がおけるんですよ。モノって、絶対に嘘をつきませんから。自動車をつくって走らなかったら、つくった自分が悪いんだから。思想のせいにも、何のせいにもできない。

**山極**　だから、モノづくりが流行ったんですね。

**養老**　そうなの。そうしたら、なんと、百年さかのぼったら、同じ時代があったと気がつくんです。それが明治です。

**山極**　明治維新ですか。

**養老**　明治維新をやった人たちじゃないんですよ。あれは、私らにしてみれば戦争をやった連中と同じで。どんなに若くたって、幕末の志士たちは「信念」でやっていたわけですよ。それを下から見てた子どもたちはどう思ったか。昨日までチョンマゲで、二本差しでね、「曽お祖父ちゃんの時代から家老職で」って言ってたのが、ただの平民になっちゃった。「それ、信用できる?」っていうふうに思ったのが、北里柴三郎であり、野口英世であり、医学系では志賀潔で、工業でいえば豊田佐吉です。

**山極**　価値の大変換ですね。

**養老**　価値の大変換が起こった時、そのまま文系で残ったやつは、たぶん、ちょっと足りないやつだと思う（笑）。本気でそれを受け止めた若い者は、自然科学のほうに行ったんだと思うんですね。

**山極**　信頼できるのは、モノしかなかったっていうことですね。人間は信頼できない。それは非常によくわかります。これは、戦後とまったく一緒ですね。

**養老**　同じなんです。「二度」やっているんですよ、日本は。

**山極**　日本は外圧でくしゃんとつぶされなければ、変われなかった。それもじつは、人間が変わったんじゃなくて、モノを媒介にして変わったんだってことだよね。いや、面白いな、その話は。

**養老**　だから、和魂洋才の「才」って、結局、モノなんですよ。

# 第六章　日本人の情緒

## 新興住宅

**養老**　和魂洋才の和魂、つまり、世間の干渉っていうものが社会から消えた理由は、戦後の民法改正だろうって、いつも言っているんです。家族制度を壊したでしょう。これがずいぶん効いて、あっという間に核家族になった。それで、根無し草の人がやたらに増えました。今、横浜市の高齢者の単身見守り世帯が四割っていう話があって、考えられます？　四割の人が一人で暮らしているんですよ。その傾向はおそらく進むんじゃないかと。

**山極**　それはね、都市設計と建築がなした影響も大きいと思うんですよ。何でも似たような、団地やら建て売り住宅やら、核家族化が進みやすいような住宅をつくり、都市に人を集めて、みんなが同じような暮らしをし始めた。僕も東京の新興住宅地で育ちましたから、もう周り全部が同じような家でしたよね。団地も次々と建って、どこもかしこも似たような部屋で、似たような街並みになりました。暮らしてる人の感情、感覚も同じという、それが当たり前になっちゃった。養老さん、家族が壊れたっておっしゃいましたけど、日本の都市が家族を壊したんですね。その都市設計の目的っていうのは、やっぱり経済優先で、国が富むこと、これは明治以来続いてきたことだけれども、人の幸せを考えてやったことではなかったと思いますね。

**養老** もうね、何度も書いて、話したことなんですけどね、私、解剖をやっていていちばんびっくりしたのは、高島平団地（東京都板橋区）に亡くなった方を引き取りに行ったら、エレベーターに棺《ひつぎ》が入らなかったんです。団地の十三階か十二階だったんですけどね。棺が入るようにエレベーターが設計されていなかった。最近はさすがに反対側に穴を開けて入るようになったんですけど。それで、どうしたかっていうと、結局、棺を「立てて」下ろしたんです。

**山極** えっ、立てたんですか。

**養老** はい。それで、じつはね、この後、高島平団地の設計に関わった人とたまたま会う機会があって、「なんで棺が入らないの」って、聞いてみたんですよ。するとね、あれは若い夫婦が一時的にそこに住んで、やがて郊外の一軒家に引っ越すという想定で、「死ぬまで人が住み続けることまでは考えていなかった」って（笑）。あの辺から、人が死ぬっていうことが、社会から消えたなと思うんですね。

**山極**　あの時代、新興住宅っていうのは、確かに、最初は子どもをつくったばかりの人たち、あるいは子どもをこれからつくろうとする若夫婦が住むものでしたよ。でもその後の現実は、いっせいに年を取って、子どもは巣立っていなくなり、老人ばかりになってくる。地域の活動が弱まるし、小学校や中学校も衰退して、病院も小児科がなくなる。デパートも売るものが限られてくるっていうので、どんどん街が衰退していく。そういう中で、空き家が増えてくる。その老人が死んで、空き家になっても、子どもたち、住まないですからね。そうすると、そこがまた老朽化していくっていう「悪循環」が今、起こってるんですよね。戦後、日本の各地域で行われた都市設計っていうのは間違っていたと、反省したほうがいいのかもしれませんね。

効率だけを考えたんですね。その効率性と、コンクリート建築、あるいはプレハブ住宅のような工業的な建築というのが、ぴったりと合ったんでしょう。規格に合わせて、何でもつくることができた。それに加えて、日本のベニヤ板技術がぴったり合って、どんな形の建物もできるようになった。どれもこれも同じような家ができた。それまでは大工と左官屋と瓦職人とか、いろんな職人たちが寄ってたかって集まって相談しながら、家をつくっていたのが、「こういう家、どうですか」って、モデルハウスをつくって、同じ家を建てるようになったんです。しかも建てた時が終わりで、建てた後はもう、壊すしかないっていう家になっちゃった。こういう土地なんだから、こういうふうにしたいとか、あるいは建ててしまってからじつはこういう家に改造したいねっていうのが、できなくなった。それがまず、そもそもの間違いだったんじゃないかと思いますね。

**養老**　プレハブって、あらかじめ出来上がっているものを、組み立てるだけだからね。コストを下げるには、たくさん売らなきゃならない。たくさん宣伝費をかけて。

**山極**　うちなんか町家に住んでますから、すきま風ばかりで。まったくね、ガラス戸が曇らないですよ、外気と筒抜けだから。町家って、木造ですからね、やっぱり呼吸しているんですね、夏も冬も。悪口を言えば、夏暑くて、冬寒いんだけど、さほど寒くはならないし、それほど暑くもならないんですよ。湿気を吸うし、きちんと中の空気を清涼なまま留めてくれるし、風も吹き込んでくれる。そういうふうに、できているんですね。日本の気候に合ってると、今さらながら思うんです。でも近年は、周囲がもう暖房と冷房をかけまくるから……。

**養老**　京都で暮らすのも大変だ。

## 京都の結界

**山極**　いや、ほんとですよ（笑）。養老さんは鎌倉で生まれて今もずっと住まわれていて、鎌倉もやっぱり歴史的都市ですよね。僕は東京育ちで、アフリカにも屋久島にも住んだことがありますが、京都暮らしがいちばん長くなりました。

この前、亡くなられたドナルド・キーンさん（1922〜2019）が、数年前、京都に来られて講演をされたんです。印象に残っているのは、世界中のどの都市を見ても、京都のように「一千年前の暮らし」がそのままの形で残っている都市はない、それは、京都の人がモノを大事にしてきたからだっておっしゃるんです。モノが残っていなければ、暮らしも伝えられないわけですね。いろんな暮らしの調度品が、そのまま使われているからこそ、一千年前の暮らしがそのまま残る。ローマやパリやロンドンにしても、遺跡は残っていますが、暮らしそのものは残っていません。京都にそれが残っているのは、家屋や道具類、庭も含めて、壊さずに残してきたっていう、あるいはそれをつないできたからですね。陶器や着物もそうでしょう。そういうモノに込められた心のようなものが、日本の中に脈々と流れてるからじゃないかなっていう気がするんです。大きな都市ではなかなか残りにくいでしょうけどね。

**養老**　大陸へ行きますと、中国でもインドでもヨーロッパでも、都市って「城壁」で囲まれていますよね。京都が「特別」なのはそこで、城壁で囲っていない都市なんです。城壁はもちろん、都市を守るためのものですが、本来は「結界」です。「ここから先は別だよ」というものを、京都の人は、外国の都市のような城壁じゃなくて、生活の伝統や様式の中につくってきた。あんまり例のない文化だと思いますよ。

**山極**　鳥居や門はたくさんありますが、城壁のような大きい境界はありませんね。内と外がゆるやかにつながっていて、行き来が自由なんです。今おっしゃった結界は、町中と山の間、あるいは野の間に、目に見えないけれど、あると感じます。それを越えると、精神的に変わることができるんですよ。それを昔から、京都の人たちは「野に遊ぶ」という言い方をしてきました。都市の中に生きている時には、いろんなしがらみに縛られて、精神的にも圧迫を受けているんだけど、ある時は野に出かけ、山に遊び、そして歌を詠みという形で、いくつも結界を越えながら自分の精神の厚味というものをつくることができた。これが京都の大きな魅力だったんじゃないのかなと思いますね。

オギュスタン・ベルクさんと話をしていたら、「日本の都市は自然がドミナント（優勢）になっている」って言うんです。ヨーロッパなどでは、王権の象徴である宮殿を取り囲むような形で、城塞都市がつくられている。ところが、日本の都市は、自然の地形に合わせてつくられている。ヨーロッパとはぜんぜん違うっていうんですね。

京都って、もともとの自然の起伏を利用して、神社仏閣が建てられたから、変なところに寺や神社があったりするわけです。これはもう、そこにある以上、排除できませんよね。同じように、坂道とか、池なんかも残されることになり、結果的に、人間が自然の形に沿って暮らしています。東京にも細かい坂道や、小さな神社もたくさんありますね。

とくに京都は、御所があり、下鴨神社、上賀茂神社があり、山間にも寺がいっぱい並んでいてね、セイントな場所があちこちにあるから、都市が完全に機能的にはならない。代表的なコンクリートの都市に変えようとしても、できないんですね。じつはそういうものが、日本人の心を支えているんだと思います。

京都では今、下鴨神社の一部はマンションになり、梨木神社は鳥居と鳥居の間にマンションを建てました。それほど神社は今、困窮しています。日本全国、どこの神社も破産寸前です。それでも、お寺さんは拝観料を取っているから、まだ何とかなるかもしれないけど、もしも寺や神社がどんどんなくなっていったら、日本人の心が、景観と共にいっせいに蝕まれていくんじゃないかって危惧しているんですよ。

## 建築の未来

**山極**　建築家の隈研吾さん（１９５４〜）は、「二十世紀はコンクリートの世紀、二十一世紀の日本は、再び木造建築の時代に入るんじゃないか」とおっしゃっていました。コンクリートは丈夫と考えられていたけど、災害時に明らかになったように、ぜんぜんもたないっていうことがわかった。百年もたないんですね。木造建築はうまくつくれば、清水寺のように何百年ももつ。大きな違いは、コンクリート建築はつくった時が「終わり」で、木造建築はつくった時が「始まり」なんだと。木造建築はいくらでもつくり変えることができる。改築ができる。付け加えられる。木造建築は、世代を超えて継承できるんですよね。

それから、日本の木造建築には、結界があるんですよ。物理的な障壁ではないんだけど、「そこから先は入ってはいけない」とか、「そこから先に起こっていることは聞こえていても、聞こえていないことにしよう」とか。しかも、建物の中でもなければ外でもない、「縁側」という不思議な空間が必ず存在しています。これは、西洋の石造りの建築とは違う、日本の文化がずっと持ち続けてきた「曖昧さ」ですね。境界をあえて物理的に設けない「間《あいだ》の文化」なんですね。そういうものが、僕、とても重要だと思っているんですよ。

**養老**　私もね、建築の人と話をする機会は、けっこう多かったですね。彼らも結局、「根本的にどうするか」ということについて、何か特別な思想があるわけではない。だから、「文化全体の中でどう位置づけるか」が大事なポイントになってくるはずなんです。ようするに、これまでは「勝つ建築」をやってきたわけですよ、周囲に和して。隈研吾が『負ける建築』（岩波書店）っていう本を書いた時に、彼とそういう話をしましたよ。これからは、そうじゃなくて、周囲にとけ込むって言ってもいいんですけどね。私もそのほうがいいと思うんだけど、これまた根本的に難しいんですね。

それからさっきの「結界」で、子どもの頃から面白いなと思っていたのは、「障子に穴

本文化はすごいなと思います。

(笑)。でも「開けちゃいけない」っていうのが、あそこまで暗黙に入ってしまうのが、日

を開けてのぞく」というあれ、見たいのだったら、障子を開ければいいわけでしょう

**山極**　日本って「のぞきの文化」かもしれないんですよね。そっとのぞいてみる。自分を相手に見せない形で見ることとは、「半分」許されているっていう。

**養老**　見て見ぬ振りをする。

**山極**　見る側も見られる側も、自己主張の文化ではないんですね。平安の貴族は御簾《みす》越しに話をしていたわけだから。そういう仕掛けが日本文化の中にあるのかなっていう気がしますけどね。

たぶんね、これから人のモビリティがどんどん高まっていくと、その動きに応じて、住まいというのは「一過性のもの」になっていく可能性が高いと思うんです。今の若い世代にはシェアリングがすごく好まれているんですよ。最近、うちの大学の建築科の学生たちが、他大学の同志と結託して、シェアリング・ハウスを設計して、実際に建てたんです。

八人でシェアリングして、全員が二階に住む。その部屋がね、空間的には一つの部屋だけど、それぞれ遮断されていて、一人あたり二畳くらいしかないんですよ。これを見て、僕は、「あ、ゴリラだ」と思いましたね（笑）。ゴリラって、樹上にベッドをつくるんだけど、それぞれ離れているんです。プライバシーを守りながら、寝息は聞こえるぐらいの距離で。それぞれがベッドにつくと、ゴリラも安心するんですね。

一階は共有スペースで、壁一面が本棚になってるんです。それも背表紙じゃなくて、おもて表紙で並べている。それが見る度に入れ替わっている形式になっていて。大きなテレビもある。そこでみんなが、自由に食事をつくったり、茶室もあったりしてね、瞑想にふけるなんていうようなこともできる。「出入り自由」ですから、嫌なら出て行って勝手にすればいいし、寝るだけの空間ですから、私物もほとんど、着の身着のままでいいわけです。

男の子もいれば、女の子もいる。最低限のプライバシーは守りながら、その他のものは、視覚的にも聴覚的にも嗅覚的にもメンバーで共有する。こういうことを、若者たちは求めているんでしょうね。シェアとモビリティがどんどん高まっていけば、日本人の住まいは、そんな感じになるのかなって。僕の世代だと、「家を建てるのが男の甲斐性だ」みたいな話になっていたんだけど（笑）。我々はまた、狩猟採集時代に戻るかもしれませんね。

**養老**　たぶん人間って、農耕民と狩猟採集民、両面をいつも持ってるんですよ。

**山極**　ええ。確かにね。

## 闇と縁側

**山極**　今、多くの日本人は、マンションでも一戸建てでもね、隣に誰が住んでいるのかわからない、音も聞こえない、物音を立てると非難されますから、孤立をして、それぞれが好むものを密閉空間の中につくって、暮らしています。そこにさらに、「人間関係なんか知ったことか」という感じの、個別の家、集合住宅が次々に建ち始めて、人間関係の阻害を生んでいる。

**養老**　まあ、一軒一軒が引きこもりになっているね。

**山極**　そう考えると、日本家屋には必ずある「縁側」がとても面白くて。外と内をつなぐ、内が完全に密閉されないような仕組みになっていたんですね。庭も緩衝帯としてあったわけだけど。

**養老**　私もよく庭でリスや鳥にエサをやるんです。肥料に油かすを混ぜたやつとか。すると結局、カラスが来る。カラスがそれを覚えていて、見張っているんですね。この間、軒先に線香とマッチが落ちてた。こんなもの、普通は落ちていません。おそらく、カラスが持ってきたに違いない。カラスの恩返し（笑）。

**山極**　どこかのお墓から持ってきて？

**養老**　うちの隣が「墓場」なんです（笑）。たぶん、「あいつなら使うかもしれないな」って、持ってきたんでしょう。そういう暮らし、なくなっちゃったでしょう？「田舎に行けばある」って言う人がいるけど、そういうことじゃなくて、あるんだけど人間がいない。日本中、空き家だらけです。何年か前、四国の刑務所から逃げたやつが、瀬戸内の島に潜伏していたでしょう。あの島、空き家が一千軒です。あきれるしかない。この前、東京の暮らしがどうとか言ってる若いやつがいて、「田舎で暮らさないの？」って言ったら、「暮らせねえ」って。「じゃあ、昔の人はどうやって暮らしていたんだよ」って言いたくなりました（笑）。

　世代によってね、明かりを点けたり消したりするのも、違いますね。若い人はもう、点けてるのが当たり前なんですね。消さないんですよ。点けたやつを。私は別に、「ケチ」で消すんじゃないんで、消すのが「習慣」なんです。彼らは点けっぱなし。明らかに年代差を感じます。四十代ぐらいになると、完全に明かりは点けておくものっていう。

**山極**　うーん、そうですねえ。僕らはまだロウソクの時代、よく知ってますからね。信州の地獄谷でサルの調査をやっている時も、ランプの生活でした。ランプのホヤを磨いてね、灯油のランプを点けて、いろいろ本を読んだりしてましたから。そういう中にいるとね、いろんな声が聞こえてくるんですよ。

**養老**　そうですね。目が利かないぶん。

**山極**　暗くなるということは、耳を澄ますということです。人間の身体は非常にうまくできているなと思います。五感のバランスでいうと、視覚を抑えると出てくることがあるんですね。

**養老**　こないだね、計画停電の時に、真っ暗になったでしょ。ヘッドランプを点けてね、虫の標本をつくってた。これ、落ち着くんですよね（笑）。ああ、なるほど、「手作業」ってこうやるんだと思ってね。昔の人が、囲炉裏《いろり》端で草鞋《わらじ》をつくっていた気持ちがよくわかりました。集中するんですよ。

**山極**　夜なべ仕事ですね。

**養老**　そうそう。周りが明るいとダメなんだ。

**山極**　確かにねえ、手作業はそうかもしれません。ジャングルへ行くとね、日本でもそういう場所があるかもしれないけど、真っ暗になると、自分の手も見えない。地面も見えないから、自分が本当に地面に立っているかどうかもわからなくなる。そこにぽっとヘッドランプを点けると、ものすごい浮き上がって見えるんですよ。ヘッドランプで手作業って、まさにそのとおりだと思う。アフリカでテント生活をしていた時も、本を読むのはヘッドランプです。するとね、集中できるんです。物語に入っていける。

**養老** 確かにあれは集中するね。

**山極** 昔はヘッドランプの代わりにロウソクとか、ランプで。これは、「広がりのない明かり」でしょ。その光の中で、昔の人は生きていたわけです。そこに照らし出されるものは、非常にはっきりとしていて、それが自分というものの、アイデンティティとして感じられたんじゃないか。

**養老** 「何でも見えている」っていうのとは、違う感覚だよね。その、計画停電の時に、早稲田の教授だった池田清彦くん（現早大名誉教授 1947〜）っていうのが、「あの時だけね、家族が俺の話を聞いているんだ」って言っていてね。一時間ぐらいして、明かりが点いたら全員、いなくなったとさ（笑）。

**山極** いや、ほんと、そうだよな（笑）。いやねえ、僕、アフリカで暮らしていてよくわかったんだけど、虫は一日の境目にすごい敏感なんですね。「シロアリの分封」ってあるでしょう。あれもね、夕方なんですよ。なんで夕方かっていうと、昼間にやっちゃうと、鳥に食われる。夜、飛び立つとコウモリにやられる。その狭間を狙ってやる。必ず夕方なんです。人間でもね、たそがれ時、かわたれ時っていうのは、危ない時と昔は言われて、ようするに人の姿がこう、「輪郭がわからなくなる」瞬間ですね。それはやっぱり、人間がサルから受け継いだ視覚を使って生きているからです。それは人間の生活にすごく重要な影響をもたらしている。虫にも鳥にも、コウモリにも通じるものでもあるから、人間の意識を抑えれば、自然にとけ込むことができるんですよ。

ところが、電気を使い始めて、ずっと明るい生活をしていると、時間の影響っていうのがなくなってしまうんですね。日本家屋の面白さというのは、軒がすごく低くなっていて、太陽の光が、日が昇り、夕方暮れるまで、刻々と変わるんです。光が差し込む時と、暗くなる時に合わせて、襖絵や屛風絵というのが映えるようになっている。あれはすごく面白い仕掛けですね。あくまでも自然の形に沿わせて、人々の感情が揺れ動くように、一日の変化に合わせて、調度品や、絵であるとか、さまざまなものが家の中に配置されていた。今、そういう感覚がなくなって、「電気を点ければ」っていう世界になって、本当にいいんだろうかっていう気がするんだよね。

## 縁側の思想

**山極**　「縁側」というのに、ちょっと似た話が「西田哲学」にもあるんです。最近、ちょっと興味を持っているんですよ。西田幾多郎は大乗仏教から学んで、西洋の論理とは違うものを考え出したんですね。それを引き継いだ西谷啓治（１９００～１９９０）っていう、西田幾多郎のいちばん弟子がいるんだけど、彼は〝「と」の論理〟というものを言い出したと西谷の弟子の池田善昭さんが語っています（福岡伸一・池田善昭著『福岡伸一、西田哲学を読む』明石書店）。「と」の論理って何かというと、「a and b」ってありますね、これを日本語では、「ａとｂ」っていうふうに言うわけです。すると、この「と」が、「and」という違うものを並列する概念とは一変して、相互に関連を持つ「ａでもｂでもある」「ａでもｂでもない」っていう論理になるんです。

西田の思想は「間の論理」って言われるんですけど、この「と」も、間の論理ですね。間の論理というのは、湯川秀樹（１９０７～１９８１）の「中間子」にまで行き着くんだと思うけど、これは西洋の論理にないんですよ。西洋の論理には、「ａ」か「ａ」ではない「ｂ」の、どちらかしかないから。

「と」の論理は、じつは日本人の哲学の中に、非常に微妙に入り込んでいる考え方であって、例えば縁側というのは、内でもあり外でもある場所、あるいはどちらでもない場所、そういう領域が我々の思想の中に、常にあるわけですね。

日本の自然にも里山があって、これはハレでもケでもない、動物も入ってくれば人間も使う。そういう場所が必ずある。どういう意味かというと、「両方肯定していこう」っていう話なんですね。だから、「a and b」って言った時、「と」が介在しなければ、aか、あるいはbである、というような話にしかならない。でも日本語ではその間に介在する「と」によって、その二つが、同じ価値を持って、見えてくる世界が、初めて出来上がる。そういう論理を、新しい哲学としてつくっていかなくちゃいけない。西田幾多郎はそう言っていたそうです。池田さんは「時間」と「空間」という二つの秩序を例にとり、それがこの世界においてひとつになっていることを、「と」によって表していると言っています。それを「包む・包まれる」関係と呼びました。

確かにそうかもしれません。我々は意識しないんだけども、そういう「間」に「と」を置いて、「あなたと私」と言った時、あなたと私が、同一っていうことを言ってるわけじゃなくて、「と」っていう、中にいったんクッションを置くわけですね。そこに、相互が了解し合える「橋」が架かるわけです。僕が「ウサギとヘビ」って言う時、ウサギとヘビは、違うものではなくなって、僕がその「と」を入れたからこそ、両方が同じ世界の中で、ある価値を持って浮かび上がってくる。同じものにしようと、違うものにしようと、僕が言う「と」があるから、見えてくる新しい世界があるわけです。これは非常に重要で、日本人的自然観というものに関わってくる話だと思うんですよ。

西洋には、「私」しかないから、「私から見たヘビ、私から見たウサギ」しかないわけです。ところが、そこに「と」という曖昧な中間項を入れることで、向こう側に主体を移すことができる。あるいは主体というものを、自分が取り込むことができる。そういう考えの上に、この世界というものを、認識しなければならない時代になってきたんじゃないでしょうか。

**養老**　別の言い方をすると、関係性に主体を置いて、普通に主体と考えているものを「両端」だと考えればいいわけですよ。仏教でいうと「縁起」に非常に近い。それを社会学では、一時、「間主観性《かんしゅかんせい》」と言っていましたね。そもそも、「間」を考えることになったのは、個人を「主体」に立てるっていう考え方があるからで、それがどこから来たか。たぶんキリスト教から来て、中世のヨーロッパで成立するんですね。それで、今、我々は「I am a boy」っていうのを律儀に習うけど、私のいつもの主張は、あの「I」っていう単語は要らないっていう話。「am」と書いたら、主語は「I」に決まってるんだから。そうでしょう？　この、コンピュータが普及した、合理的な時代に英語を使うんだったら、「Iは省けよ」って、いつも言ってるんです。だけど、アメリカ人もイギリス人も、そうは言わない。ローマ時代、古典時代には、主語はなかったんです。ラテン語には、もともと主語がないんだから。人称代名詞っていうのは、当然、省略していいんですよ、わかってるんだから。出かける時に女房にね、「行ってくるよ」って言うでしょう。その時、「俺は行ってくるよ」って言わないでしょ。学校では、それを律儀に教えてるんですよ。

**山極**　「おい、風呂、入るぞ」って言った時には、「私は」とは言わないね。

**養老**　言わない。

**山極**　私が言ってるんだから、「私は」は、当たり前だっていう。

**養老**　だけど、学校で英語を教えるということになると、それをいちいち言うわけ。もう、アメリカ人全員、「I」を飛ばせって（笑）。コンピュータにも負担がかかるでしょ。

**山極**　そうですねえ、だから、さっきの話にちょっとつなげて言うと、すべてを情報化してしまうと、全部、情報の断片になって、その情報の使われ方っていうものだけが経験値になって、そこから答えが出てくるわけですね。そうすると、その情報がたくさん使われた場所っていうのが、新たな情報の価値として浮かび上がってくる。だから、生まれ育った場所が、犯罪が多発する場所っていうものに特定されると、途端に、その人が犯罪を起こす確率も上がるっていうふうに、計算されてしまうんですね。「私」という主体が、データ化されて、それが人間の価値を決めるっていう時代が、迫っているわけです。

**養老**　いや、来てますよ。データを売り買いしているんだもの。

**山極**　しかも、我々が気がつかない、フェイスブックとかなんかにも、個人のデータを吸い取られてるわけでしょ。それが、名前を特定できないにしても、その情報の固まりっていうものが、ひとつひとつのその人間ではなくて、情報として処理されるようになっているから。人間っていう「実体」がなくなっているわけです。その、「私がしたこと」によって評価されるんじゃなくて、「他の人がしたこと」によって自分が評価されるっていうことになる。

## 本人というノイズ

**山極**　だから、今、何が起きているのかというと、「ヒューマニズムの危機」なんですよ。ヒューマニズムというのは、個人という主体があって、その個人は、他の個人と「切り離された」ものです。その上で、個人の生きる権利だとか、幸せを追求する権利が保証されていたわけです。幸せを「得る」権利じゃないですよ、幸せを「追求」する権利です。でも、これから、それは断たれてしまうかもしれない。なぜならば、「期待値」によって、その人の価値が決まってしまうからね。

それはもう、あらゆる場所で姿を現しています。面接の時にデータが出てくる。「あなたは、こういう人間になる可能性があります」。これまでしたことじゃなくて、「これからすること」によって価値評価されるわけですよ。そのためには、あらゆる人間のデータをプールして、情報として分析をして、あなたという人間がこれから起こすこと、起こす可能性が瞬時にして、はじき出される。

**養老**　それを最初にやったのは、「医学」なんですよ。もう三十年前には、東大医学部はそれになっていましたから。ようするに、患者さんを把握するのは「検査の結果」であって、「患者本人」ではないんですよ。血圧だってカルテに入ってくるんだから。目の前にいる患者の血圧はもう変わっているはずですけど、そんなこと、誰も意識していませんよ。「あ、これ、高いですね」って。だから、年寄りが文句を言い始めて、「先生に診てもらっても、顔を見てくれないんです」って、私のところに文句を言いに来ていた。

ところが、そういう時代が次にどこへ行ったかっていうと、「銀行」に行ったんです。ある時ね、銀行で手続きしようと思ったら、「先生、本人確認の書類をお持ちですか」って。「私、免許を持ってないので」って言うと、「保険証でもいいんですけど」って言う。「ここ、病院じゃねえだろ、保険証なんて、持ってこないよ」って言いますとね、そうしたら、銀行員がなんて言ったか。「困りましたねえ、わかってるんですけど」って言ったんです（笑）。本人だって「わかってる」けど、本人確認の書類が要るって。

「こいつの言ってる本人って、何だ」って、思いましてね。本人がいても、本人確認の書類が要るんだから、本人とは何だろうって。それからしばらく悩んだ。すると、窓口の奥で、課長ぐらいのやつがね、「新入社員がメールで報告してきやがる」とか、話しているんです。あいつら、同じ部屋で働いているのに、同僚同士もメールでやってるらしい。それで気がついたんですよ。つまり、「本人に会いたくない」んです。

**山極**　情報に会いたいわけだ。

**養老**　本人に会うと、本人の「定義」ができない。本人をどう定義すればいいかっていうと、本人は「ノイズ」なんです。つまり、システムの中に入ってないんだから。患者の匂いとかね、声の調子とかね、そういうのはカルテには入ってませんから。現物を見ると、それ、入れなくちゃならなくなるんです。そうすると、それが判断に影響するでしょう。それが嫌なんですよ。

**山極**　切り取りやすい情報で定義されたものが「本人」なんですね。

## 現物は違う

**養老**　だから、今や、システム化された情報世界の中に入っているのが本人であって、現物の本人は何かっていうと、ノイズですよ。システムからは扱えないんだから。

**山極**　そうなんだよねえ、いやあ……。

**養老**　完全に人間が取り残される時代になりました。

**山極**　おっしゃるとおり、医学はそれをずっと前からやってますよね。自分の心臓、肝臓っていうのは、「自分の」心臓、肝臓なのに、他人のデータと照合されて、カルテに収まって治療台に上ってくるんだから、もはや自分の心臓じゃないんですね。
　二、三年前、環境省が日本のいろんな野生動物とか森林の状態を診断するために、「カルテ化しましょう」って言ったんですが、僕は反対しました。「カルテ化」って、いったい何だと。自然を「システム」として見る考えが嫌いなんですよ。自然を、あるメカニズムに則《のつと》った、安定的に情報として分析できるようなものとして捉えるのが、カルテであり、システムです。自然はそんなものではないわけです。こちらの予想を超えて動きます。だから、今、大変なことになっているわけじゃないですか。

今、大変なことになっているっていうのは、予想できなかったからで、それは「失敗」、もっと「確率を上げたらいい」という方向に進んでいるけど、違うと思う。自然っていうのは、そんなに簡単に予想できるものではないし、カルテのように情報化して、システムとして解釈できるものと考えるのは間違いだと思います。

**養老**　だから、それはそれであるんだけど、つまり、今の社会はしょうがないから。「現物は違いますよ」ってことを、こちらが絶えず「異議申し立て」をしないといけない。

**山極**　現物は違うんです。

**養老**　そうなの。で、ここ十年くらい毎年、福島でね、子どもたちといつも同じ場所で、同じ季節に虫を捕ってるんですよ。その虫のメンツを見るとね、毎年変わるんですよ。去年、あれだけ、マクガタテントウがいたんだから、ここにはいくらでもいるだろうって。

次の年に行ったら、一匹も捕れないんですよ。そういうものなんです。それでね、私はついにね、「生態系」っていう言葉を疑い出した。「誰か、生態系を見た人、いるか」っていったら、誰もいないんだよ（笑）。ある区画を区切って、無人島でもいいですよ。そこの細菌からキノコから、鳥まで全部、調べた人いるのかよ。そうでしょう？　そうすると、我々はやっぱり、理屈が一人歩きしてるんであって、最初から生態系を、システムとして考えてはいけない。現実に我々が見ている自然環境とは、「ある程度」パラレルかもしれないけれども、同じものと考えたらいけません。

**山極**　おっしゃるとおりです。今、システムしか、人間の頭の中にはない。

**養老**　だから、本人がいなくなるんですよ。システムは存在している。存在しているんだけど、人間は実在してないんですよ、この社会は。

**山極**　それはね、もとを正せば、プラトン（紀元前427〜同347）が「イデア」の世界を考え出して、それが現実とフィックスしているという信頼感を人間が持ってしまったこと。いや、むしろ今は、そっちへ向かうべきものなんでしょうね。イデアは「目標」ですから。

プラトンの時代、イデアというのは、人間の力の及ばない神の領域にあったものでしょう。自然は神の創造物で、神の計画性にしたがって創られているものだという信頼ですよね。その時代は、まだ自然の力のほうが強かったから、それでよかったんです。でも、今や、それもまた、フィクションであり幻想であるにもかかわらず、人間がつくり出したシステムというものにしたがって、「自然はこうあるべきだ」みたいな話に進んでるわけですよ。これがね、怖い。

今西錦司さんは、「現実にあるものには必ず界面がある」って言ったんです。界面があるというのは、ようするに「境界」がある。虫には殼があります。あれが界面です。動物にも毛皮があり、粘膜があります。それが、生き物の世界、あるいは物質の世界である。でも、人間のつくるシステムには、界面が「ない」んですよ。人間の社会にも界面がない。したがってそれは、全部、幻想にすぎない。幻想にすぎないんだけど、実体があるからこそ幻想が成立するのであって、幻想があるから実体が成立するわけではない。

問題なのは、養老さんの話に戻っちゃうんだけど、幻想にしたがって、実体がつくり替えられるっていう話になってきたわけです。だから、インターネット世界の中に、いくらでもバーチャルなものをつくることができる。それにしたがって、現実の世界を変えていくっていう力が大きくなり始めました。

だから、教育の話にしても、これまでは、実体に沿って界面というものを手で触りながら、あるいは目で見ながら、現物を確かめながら、リアリティを持って成立していた。だから、例えば、自然学校は子どもたちにとって面白いし、大人にとっても自らを学ぶ機会にもなった。今はそれを、パソコンやタブレットで学べると、子どもから大人まで思っちゃっている。しかも実際に、教育現場で利用し始めている。フィジカル空間とバーチャル空間がどんどん融合していきます。融合すること自体は、悪いことではないのだけど、バーチャルがフィジカルを乗っ取って「リアル」という話になっているっていうのが、現代の教育の難しさだと、僕は思いますけどね。

**養老**　子どもが触れる「現物」が、限定されちゃうんだよ。

**山極**　もうひとつ、いちばん重要なことはね。生物というのは成長、老化を遂げて死んでいく、その時間というものがそれぞれにあるということです。その実感は、人間は体験できないけど、「共鳴」や「共感」はできる。人間も生物だから。でも、バーチャル空間の中では、どれだけ生物を生かして殺しても、再生を繰り返すことができるわけです。まさに、神の手を、バーチャル空間の中では持つことができる。

それを実際に、フィジカルな現実空間に当てはめて、やってしまうのが「遺伝子編集」ですよね。デザイナー・ベイビーもつくれますし。遺伝子組み換えや生物工学が発達していくと、現生の生物とは違う特質を持った、これまでにはない生物が生まれるのかもしれません。あるいは、工学的なパーツで組み替えられた人間もできちゃうかもしれません。これが大きな問題なんですよね。

そういう欲望を人間が持ち始めているってことなんです。今までは、その「神の領域」と「人間の領域」には大きな壁があり、宗教がその夢を向こうの領域に届けてくれたかもしれないけれども、現実の空間の中ではあり得ないことでした。それが可能になり始めています。

## 変わるもの　変わらないもの

**養老**　京都で書かれたもので、私が好きなのは『方丈記』（鴨長明著　1212）なんです。日本に災害や、予想もつかないことが起こる度、何度でも生き返るのが『方丈記』で、今、我々の社会に、「異議申し立て」をしているような気がするんですね。〈ゆく川の流れは絶えずして、しかももとの水にあらず〉っていう、この書き出しでは、変わるもの、変わらないものを、見事に対比しています。変わるものって、山極さんがおっしゃった「現実」の世界ですね。変わらないものが、さっきから話している情報です。情報というのは、時間が経っても変わらないもの、しかも、それを扱っているのは人間の意識です。意識が扱うことができるのは、時と共に変わらないものだけなんですね。鴨川はいつもあるように見えるけれども、見ていたら、見ているそばから水が変わっていくでしょう。『方丈記』は〈世の中にある人とすみかと、またかくのごとし〉と続けます。人であっても町であっても同じでしょうと。『方丈記』を生んだ時代は、今と違って「乱世」でした。今の平和な時代に、現実を端的に伝えているわけですよ。

**山極**　〈ゆく川の流れは絶えずして〉っていう、あれはやっぱり、人間の不思議な感性だなって思いますね。流れを見ながらそれを何かに模倣、転用することができる。その時、人間はその「流れ」になっているわけですよね。あるいは、「石のように頑固だ」という時、石というものの、ある性質を取り出して、人間の性格に当てはめるようなことが人間にはできる。これはやっぱり、人間だけの感性ですよね。

日本語は述語的な言語、日本文化は述語的な文化。西洋言語は主語的な言葉で、主語的な文化。日本語の「主語がわからないような表現」は、「責任逃れ」だとか、ある「自主性、主体性をあえてはっきりさせない言い方だ」っていうふうに非難されるんだけど、それは、「逆」でね、日本人というのは、やっぱり、環境と一体化して物事を捉える感性や習慣を古くから持ってきたんじゃないかと思うんですね。

**養老** 「中動態」っていうのかな。日本がいわゆるキリスト教の文化圏ではないことが、今の世界では非常に意味がある気がするね。イスラムでもキリスト教でもない、ユダヤ教でもないって。

**山極** 最近、西洋でも主体と客体をあえて分離せず、主体の中に客体を取り込んだような表現の芸術や考え方も出てきています。日本的思想を取り入れようとする風潮も見え始めているのは、おそらくキリスト教の名の下に、あまりにも環境を破壊し尽くしてしまったという反省もあるんでしょう。

キリスト教は資本主義と非常に結びつきやすかったと思うんです。個人の欲求を最大限に実現しながら、それは神から与えられた「権利」であるという考え方でやってきましたからね。もはや地球が「プラネタリー・バウンダリー」（惑星限界）なんて言われ、「九つの条件のうちの三つは、すでに限界に達している」などと警告されているわけだから、ちょっともう、本当に危なくなってますよね。本当に真摯《しんし》に考えるならば、我々の世界の外に誰か絶対者が存在すると考えるよりも、我々自身がその主体でもあり客体でもあると考える。そんな新しい考え方が出てきてもおかしくないと思います。

**養老**　ヨーロッパは、だいぶ前からそっちへ近づいてはいる気はします。アメリカが走ったんですよ、やっぱり。ヨーロッパのそういう部分を切り落としてしまった感じがしますね。明らかに、「理性的な」社会をつくろうとしたんだと。そうしたら、妙な社会ができちゃったんですね。

## 日本文化を考える

**山極**　明治維新の前後、ヨーロッパにはジャポニスムの時代がありましたね。アヘン戦争が終わった一八四二年、四三年の頃、イギリスが中国を完全に制圧して、中国が蒐集《しゅうしゅう》していたものの中に、日本の団扇《うちわ》や扇子《せんす》なんかがあって、それがロンドンに流れ、パリに流れていって、その団扇や扇子に描かれていた絵が、ヨーロッパの女性の目に留まった。あれを使うのは女性なんですね。ヨーロッパが男だけの文化だったら、あんなに注目されず、残らなかったでしょう。たくさんの女性たちが生活の場で使い始めたものだから、日本から大量に流れていくことになった。それで、浮世絵を頂点として、日本のさまざまな表現はヨーロッパの文化とは違う文化として、西洋の思想を変革するまでになったんです。

じつは同じことが今も起こってるかもしれません。養老さんは関係が深いですけど、漫画もそうですよね。ファッションや着物、食文化、映画もそうでしょう。日本人が思いもしなかったムーブメントが西洋でちょっと起こりつつあると思います。第二のジャポニスムかもしれませんね。

**養老**　外国の映画を観ていると、それぞれの文化に、考えの「型」みたいなものがあるのかなって、思う時がありますね。この前、イタリア映画を観たんです。『幸福なラザロ』（原題「Lazzaro felice」監督：アリーチェ・ロルヴァケル　２０１８）っていう映画でね、結局、最後までちゃんと観たんですけど、わからないんですよ（笑）。ラザロって死後四日目に、キリストが起こした「奇跡」によって、復活するんですよね。新約聖書の「ラザロの復活」っていう有名な話なんだけど。映画の背景には、おそらくそれがあって、善人なんだけどちょっととろい主人公の男に、奇跡が何度か起こるんですが、とにかくわからないんです。これがカルチャー・ギャップかなあって。映画は非常に評判がよかったんです。ヨーロッパのインテリに（笑）。

大学院生の時、イングマール・ベイルマンの『野いちご』（スウェーデン 1957）っていう映画を観て、ビデオなんですけど。助教授ぐらいになってから、テレビでもう一度、たまたま観ちゃった。その時、映画の「構成」が見えたんですね。最初に観た時、ぜんぜんわからなかったのは、構成そのものをまったく理解していなかったからなんだって、気づいたんです。

あれは、年を取った医者が、名誉博士号の授与式に出席するために大学に行くっていう一日の話。その一日の話と、彼の一生が構成上、被《かぶ》っているんですよ。だから、途中にいろんな思い出話が入ってくる。その構成に気がつかないと、「なんでここで、この話が入ってくるんだ？」と、つながらなくなっちゃう。これに気がつかなかったから、わからなかったんですよ。

そういう、固有の描き方というか、思考の型みたいのがあってね。じつは『ラザロ』もそうだったんです。おそらく、イタリアのカトリック信者であれば、完全に引きずり込まれる映画なんですね。実際、私が観ていても、退屈はしないんです。退屈はしないんだけど、肝心なところがわからないんですよね（笑）。映画の終盤、オオカミが出てきて、その時、オオカミに関する詩が流れる。それが、「年を取って人を食うようになったオオカミを、聖人が説得に行く」みたいな詩でね……。

**山極**　うーん。わからないですね（笑）。でも、何かあるんでしょう。オオカミに対するある概念みたいなものが。

**養老**　そのわからなさっていうのは、もう基本的な了解みたいなものなんでしょうね。それから「奇跡」っていうのもあります。奇跡ぐらい、日本人が理解しづらいものはない。ところが、キリスト教の勘どころ、核心は奇跡ですからね、結局。

**山極**　復活なんて「あり得ない」で済ませそうですよね。

**養老**　映画の中でも、ラザロが教会に入っていくと、音楽が流れていて、今日は関係者だけだからダメって、追い出されるんですよ。追い出されたラザロが通りに出ると、なんと音楽が消えていって……ラザロについて行ってしまう、音楽が（笑）。

　そういうシーンって、日本人はまず考えないでしょうね。彼らの考える「奇跡」って、なんだか、そういうものなんでしょう。ここでもうひとつ、思ったのは、日本人の場合、演奏する人とか、作曲家とかね、そういうほうが問題になって、聴いてるほうは主人公じゃないんです。だけど、この場合、聴いてるほうがいなくなった時に、音楽が一緒に出て行っちゃう、ついて行っちゃうんですね。

**山極**　日本もずっと昔から、琵琶法師みたいのがいて、語りそのものが音楽だったんですよね。短歌とか、そういうものが万葉の時代から生きているわけだけど、それがどういう声でうたわれたのか、わからないけれども、言葉というのは、音楽の一種だって僕は思います。日本語の響きの中には、さまざまな音色が、自然の音色が聞こえます。とくに大和言葉ですよね。あらゆるところに神々が潜んでいるから、そういう音色が聞こえてくるわけです。そこはやっぱり一神教の世界とだいぶ違いますね。天上から響いてくる、その音とは。

**養老**　だって、我々はもう客観的な世界に慣れちゃってるけど、あれは神の視線ですよ、客観視してるんですよ。何でも統計でやってますけどね、統計的に見ている世界って、神の世界です、上から見てるんだもの。

# 第七章　微小な世界

## ヒゲの振動

**養老**　いろいろ感覚の話をしてきましたけど。もうひとつね、余計なことをつけ加えると、私、「ヒゲ」をずっと調べていたんです。あれ、ゴリラまであって、人間になるとなくなるんですね。動物のヒゲって、じつは「感覚器」なんですよ。根元に相当数の神経が入っていて、ものを感じているんです。

**山極**　なるほど。

**養老**　トガリネズミはほとんど目が見えないので、エコロケーション（反響定位）をやっています。それから、ヒゲが非常に発達しているんですよ。ヒゲ自体は五百本ぐらいあって、長さが、前が短くて後方にいくにつれて長くなる。あれで何をしてるのかというと、固有振動数が違ってきますので、「低周波」の音を取ってるんでしょう。

エコロケーションをやると、中耳が「高周波」に適応しちゃうんですね。高周波が聞こえないといけないので。そうすると、どうしても低い音が落ちちゃうんです。ところが、あいつらは地面を這ってるので、低周波も非常に重要なんですよ。動物の足音とかを聞かなきゃならない。そうするとそれは、ヒゲで取ってるんじゃないかって、それで調べていったら、見事にね、低周波の振動を伝える構造になっていた。

**山極**　そうなんですか。いや、例えばゾウでもね、かなり遠くの仲間の足音も聞こえたり、あるいは鳴き声が聞こえているんだけど、あれもやっぱり低周波ですから、「足の裏」で聞いたりしてるんですよね、地面の震動で察知をしている。だから、感覚器官が人間の常識を超えるんですよね。体のとんでもないところが、今、養老さんがおっしゃられたように非常に優れていて、そこでいろんな音を聞いたり察知したりしている。

**養老**　なんか哺乳類の化石でね、けっこう面白いのが出て、体がでかいんですけど、何が特別かっていうと、「耳小骨」ってありますね。あれがね、人間の親指くらいあるんですよ。

**山極**　そんなに大きいんですか。

**養老**　こんなでかい骨で、鼓膜を揺するっていうの、無理でしょうね。たぶん、逆をやっていたという説があります。今、言われた足からの振動が体に伝わった時、骨が安定しているから、逆に、体のほうが揺れる。

**山極**　なるほど。そうか、そういうやり方もあるんですね。

**養老**　それでないとね、あんなでっかい耳小骨、説明がつかないって。

**山極**　いや、じつは、ジャングルの中が面白いのは、風が舞っているんですね。サバンナ、あるいは平原は、風が一方向なので、例えば、においは風に乗って一方向から来るのがわかるんですけど、ジャングルの中って、下から上に上る風もあれば、降りてくる風もある。高さによっても風の舞い方が違うし、気温も違う。そしてにおいは「地面」に溜まってるんですよ。だから、そこで暮らす生き物って、いろんな察知の仕方が考えられるんですよね。

**養老**　「微気象」ですね。昆虫をやってると、それはものすごく重要なんですよ。

**山極**　でしょうねえ。

## 雪国

**養老**　そういう「細かい範囲」での空気の変化といった、そういうもの、じつはほとんど、まったく調べられてないんです。だから、なんでもかんでも「フェロモン」なんて言ってるでしょう。おかしいんですよ。フェロモンを出しても、これ、イーブンに、均等に広がっちゃったら、意味がないんです。

**山極**　地面はキャンバスですから、歩いた跡にそういう物質は流れるんだろうけど、木の幹を伝って上に行けば、また別のやり方をしなくちゃいけなくなる。

**養老**　おそらくね、フェロモンなんかも、空間の中に「均等に」出すんだったら、細い

「のろし」の煙があるでしょ、あれみたいになってないと、出してる意味がない。あるいは、ものすごい膨大な量を放出しなきゃいけない。コストの問題がある。効果がなければ無駄ですから。そうするとね、出す連中の棲む場所が、逆にそれで限定されてくることがわかるんですね。微気象を勘定に入れて、ここからフェロモンを出せばうまく相手の、ここに向かって放てばいいって、そういう環境を連中は選んでいるはず。そういうね、非常に細かな営みが無数に行われているところを、人間はまったく無関係に、ダーッと手を入れちゃう。自然の破壊って、そういうことなんです。

**山極**　道路がにおいを消しちゃったとか。そうでしょうね。だから、アスファルトって最悪なんです。よくもまあ、山の中にも道路を通して。「小動物が通れるケモノ道をつくっておけばいい」って言う人もいるけどね、アスファルトの道っていうのは、ものすごく乾燥してますから、虫や小動物が通ったにおいっていうのを全部消してしまうので、まったく「別世界」になってしまうんですよ。

**養老**　じつはね、「側溝」ってありますでしょう。山の中によくつくっているでしょう。側溝ってね、つくり立ては、しばしばものすごくいい「採集場所」になるんです。珍しい虫が、集まってくるんですよ。なにか理由はあるんでしょうけどね。当然、長くは続かないんですけどね。つくって数年ぐらいは、「コンビニの明かり」と同じで、どっと虫が来る。そういう細かい環境の変化を、彼らは感じて行動してるんですね。マレーシアみたいな、何億年も経ってる原生林なんかになると、逆に言うと、虫が捕りにくいんです。変化がないからですかね。原生林じゃまず虫は捕れないって、よく言っているんです。

**山極**　ブラックライトを洞窟に向けると、虫が「わっ」と寄って来るって言いますね。なるほどね。そういう話かもしれませんね。

**養老**　非常に細かい生態や環境について、人間は「測定法を持ってない」んですよ。そんな場所の空気の成分なんか調べたってしょうもないでしょう。どのぐらいの速度で風が流れているとか。微気象っていうのは、いまだに測定できないんですよ。

私は鎌倉に住んでるんですけど、ある日ね、雪が降ったんです。鎌倉駅から横須賀線に乗ったら、雪がちらちら降り始めた。となりの北鎌倉駅に行くまでに、山があって、トンネルがあるんです。トンネルを抜けたんですよ。そしたら、北鎌倉側は「真っ白」だったの。それで、「あっ」と思ってね。川端康成は鎌倉に住んでましたから、「あいつ、ここで思いついた！」って（笑）。

**山極**　えっ、あれは北陸じゃなかったんですか。

**養老**　ほんの数十メートルで。駅から出た途端、トンネルを抜けたら雪国だった。

**山極**　なるほど、鎌倉だったのか。

**養老**　微気象ってそういうものですよ。

**山極**　確かに。京都も山だらけだから、百メートル行っただけで、雪が降ってるところと降ってないところがあります。違いますよ。自然ってそういうものですからね。

**養老**　それを人間はとことん乱暴だと思うんです。「いっさい無視」ですからね。よくもここまで同じにするよなと思う。

**山極**　なにも僕は、アスファルトやコンクリートの「すべてが悪い」とは言わないけれど、車と道路っていうのが、自然を無茶苦茶にしたと、思うところはある。ひょっとしたら、話はすごく飛んじゃうんですけど、未来社会はこういったインフラがなくなるかもしれんと思っていて。そうすると、地上というのが歩いて楽しめるようになる。人間が空中を使えばいい。だいぶね、人間の住む世界は豊かになるんじゃないかなと思いますけどね。

**養老**　地下を今、かなり使っていますね。地下水に影響が少なければ、ある程度はしょうがないね。もうひとつ、もっと細かいことを言うと、それこそ森の話でね、作業道はぜったい舗装してもらいたくない。二十年経ったら「なくなる」でいいんですよ。必要ならまたつくればいいいんだから。

**山極**　そのとおりですね。舗装は引っぱがしてね、歩く道に替えていくっていうことも、これから必要なんじゃないか。

**養老**　それで困るのなら、車のほうを変えろ。これが私の意見。

**山極**　そうそう。

**養老**　戦車みたいにして走りゃいいんで。

**山極**　僕はもう、車そのものが要らなくなると思っていて。

**養老**　エネルギー問題ですか。

**山極**　ええ、空中を飛ぶほうが速いだろうと。その時は、モデルは虫で、鳥みたいに大きいのは要らないと思う。ドローンでいいんですよ。それがこう、すーっと、音もなく「低コスト」で飛んでいけばいいと。そういう時代がもうすぐ来るんじゃないかと思ってるんですけど。それから、もうひとつ言えば、「水上交通」をもっと重視する。あれは低コストで走りますから。

**養老**　いや、ほんとに。前から気になってるんですけど、水上の交通がなくなりましたね。

**山極**　そうなんですよ。大きな問題は、最初にお話ししたように、海岸線を壊しちゃったこと。

**養老**　私が子どもの頃は、日本は「海の国」だったんです。今、誰も言わない。

**山極**　でしょう。瀬戸内海があれだけ栄えたのは、あるいは琵琶湖があれだけ栄えたのは、水上交通が盛んだったから。しかも、瀬戸内の小さな島って、八方、ぜんぶ「交通」ですから。水上はどこからでも来て、どこにでも行ける。地上は道がないと行けませんけれども、水上交通は三六〇度、可能性があります。「島」のほうが便利なんですね。日本の島というのは海上交通、水上交通のいろんな中継地になって栄えたんですよ。それがなくなっちゃって、みんな廃れた。もう一度、水上交通が発達すれば、これ時間の問題なんですけどね、低コストでかなり重たい荷物が運べる。しかも地上のインフラは要らないし、山を切り崩す必要もなければ、埋め立てる必要もない。

## 限界を超える

**山極**　これだけ正確さを求め、科学を発達させて、いろんなものを分析して、物事のメカニズムというのを知ろうとし、加速度的によくわかり始めているのにもかかわらず、自然を壊して、生命の危機にすら瀕している。人間の無謀性と言いますかね。この、ギャンブルとかね、馬鹿なことに全財産を投じるとか、命を懸けるっていうのは、いったい何なんでしょうね。

**養老**　私も不思議でね、昔からギャンブルが好きなやつがいて、ある会社の偉い人でギャンブル好きなんだけど、「ギャンブルの本質って何だ?」って聞いたことがある。そうしたらね、「それは、めまいです」なんて言うんです。

**山極**　めまいか。

**養老**　くらくらっとする。それで気がついたんだけど、東大の近くに飲み屋がありますね。

ドイツ語の看板が出ているんです。そこにね、あいつ、誰だったっけ、プロテスタントの始まり……マルティン・ルター（1483〜1546）です。ルターの言葉「酒、女、歌、これを知らないやつは一生馬鹿で終わる」っていうのが、ドイツ語で書いてあった。日本じゃ、「飲む、打つ、買う」でしょう。飲む（酒）と買う（女）までは共通しているのに、打つ（博打）がなぜか、「歌」になっている。なんで歌になったのかなって、思っているところに、「めまいだ」って聞いて、「耳」だって。

**山極**　あ、耳か。

**養老**　歌とめまいは、「三半規管」ですから。

**山極**　ほお、そこと結びつきますか（笑）。

**養老**　ようするに「耳で恍惚《こうこつ》となる」んですかね。ドイツ人は歌になる。日本だと同じ耳でも、音ではなくて「めまい」のほうへ。

**山極**　歌うのも、打つのも、めまいか。

**養老**　歌謡学的に言うと、そこで共通点があります。

**山極**　なるほど。それで、「酒、女、歌」なんだ。お酒っていうのは、ずっと狩猟採集民はつくれなくて、農耕民しかつくらなかったんですよね。葡萄酒なんか、狩猟採集民がつくってもよさそうなものだけど、「定住」というのが非常に重要だったんでしょうね。お酒っていうのは、ひょっとしたら言葉と同じくらい、人間に大きなインパクトを与えたかもしれない。アメリカ先住民が征服されたのも、「酒のせい」だって言われていますし。

シュヴァイツァー（1875～1965）がガボンに病院を建てて、多くの人を救っている、その頃のシュヴァイツァーの日記を読んだことがありますけど、当時、「死の水」と呼ばれるものがアメリカ大陸から到来して、「ラム酒」だと思いますけど（笑）、もう本当に人々がぐでんぐでんになっている。とにかくそれを飲むために、前借りをして、給与は全部そっちに流れてしまう。なんていう馬鹿なことを、馬鹿だと知っていながらやるんだとシュヴァイツァーも言っています。

そういう馬鹿なことっていうのは、狩猟採集生活にはあまりなかったような気がするんです。なんでそんなのを始めたのか。さっきプラトニックラブって言ったんだけど、あれもひとつのギャンブルですよね。言うならば、異性、酒、ギャンブルは、同時に発生したのではないでしょうか。人口が増えれば、当然、複数の異性との間にトラブルが生じます。だいたい狩猟採集民は一夫一婦なんですね。トラブルはもちろんありますけども、トラブルが起これば、その場を離れ合っちゃえばいい。その場にずっと居続けて「決闘」なんかする必要もないわけですね。そういうトラブルが多くなると、酒で失意を紛らわす、あるいは酒で和解をするとか、とんでもない行為をして死なせちゃうとか、そういうことが起こらざるを得なかったのかなと。

僕はね、ギャンブルの前身というのは好奇心だと思うんですよ。やってみたいけど怖い。誰もやったことないから、未知の世界なので、結果がわからない。でも、知りたいとか、やってみたいという気持ちにはあらがえない。「えいや!」とその境界を飛び越えるというのが本来のギャンブルで、そういう「飛ぶ気持ち」になったのは、農耕牧畜が始まり、衆人環視の世界が日常的になったせいもあったかもしれない。でも、好奇心というのは、それよりもずっと以前に芽生えていたと思うんです。

**養老**　ある限界を超える。これはけっこう重要なことだって、みんな知っていて、私らが子どもの頃、それは「勇気」だって、教えられました。これまでが限界と思っていても、「もう一歩出なさい」というふうに言って、むしろ美徳にしたんですね。その堅さっていうと、ちょっと今の比じゃなかったと思う。やっぱりそれは、一方で「教えなきゃいけないこと」だったのかなと思っているんですけど。

**山極**　そうですね、今でも世界中で「イニシエーションの儀式」が残っているところがありますね。イニシエーションっていうのは、男の子に課せられることが多いんですけど、大人になるために、それまでの世界を脱するような何かをしなくちゃならない。入れ墨をやったり、犬歯を抜いたり、あるいはちょっとこう、冒険をして自分を主張して証明しなければならない。

## しらけ世代

**山極**　あえて言いますけど、今の常識的な教育では、危険を冒すようなことは、「やるべきではない」というふうに教えていると思うんです。

**養老**　それが子どもには面白くないんですよ。

**山極**　だから、好奇心も持たなくなっている。好奇心はインターネットの中に行っちゃっている感じなんですよね。自分の身体でそれをやるんじゃなくて、インターネットの中でそれをやる。

**養老**　私、思ったんですけど、昔そういう学生が出てきた頃に思いついたことなんですけどね、しらけ世代って言ったんですよ。「しらっ」としてるんですね。

**山極**　しらけ世代。ありましたね。

**養老**　私、思ったのは、子どもの時からテレビを見て育った世代じゃないかなと思ったんですね。なんでかと言うとね、テレビを一生懸命見ちゃうでしょう。ドラマの中で子どもがどんどん歩いていって、崖から落ちそうになるっていう場面だとして、現実なら途中で「危ないよ」ってなるでしょう。ところが、テレビドラマっていうのは、台本どおりに進行しますからね。真っ直ぐ歩いていって、落ちる時はそのまま落ちる。こっちが何を言っても無駄なの（笑）。「俺が何をしても無駄だな」っていうのが、叩き込まれるわけですね。

**山極**　なにをやっても筋書きどおりなんだから。

**養老**　そうすると、しらけるんですね、おそらく反応としては、今、この世界で起きていることとなんて、俺ぜんぜん部外者なんだから関係ないよって。身近に何かが起きて初めて慌て出す。ドラマと現実は違うって（笑）。今、道路上でなんか起こっても、ほとんどの人が見過ごしていくでしょうね。日本人、とくに強いって言われるんだけど、外国人が具合が悪くて倒れていても、声をかけてくれる人が何十人に一人、何百人に一人しかいない。周りで起こってることに関して、「巻き込まれ感」っていうか、「自分のこと感」がないんですよ。俺が今、ここで手を差し出しても、別に何の変化もないだろうって、そういうのを叩き込まれているような気がするんですね。

# 第八章　価値観を変える

## ゴリラの墓

**山極**　屋久島のとなりの口永良部島《くちのえらぶ》には火山があって、もう何度も噴火して、その度に住民が避難しては戻りっていうのを繰り返しているんです。「それは、なんでや？」って、島の人に聞いたら、やっぱりこの土地に愛着があるわけですよね。ここ以外に自分たちの住む場所はないと思ってるわけです。地域によっていろいろなんだけど、日本人は牧畜を経ずに、水田耕作、稲作に行ったんですね。しかも狩猟採集時代に、三内丸山《さんないまるやま》もそうですが、定住を始めているんです。それは、海が非常に豊かだったからですね。もちろん山菜も採れたでしょう。移住を繰り返さなくとも、腹を満たす食料が得られた。とくに北の方の海は非常に豊かですからね。だから、縄文人も定住できたと思うんです。人間の生活というのは、何か分かちがたいものによって、土地と結びついている。これはたんに、コミュニティをつくれば済む話ではなくて、土地っていうのが重要なんだと思います。

もうひとつ言えばね、ヨーロッパでは、ギリシャ時代は海も神々が住む場所だった。キリスト教になってから、海は魔物の棲む場所になり、陸の世界と切り離されちゃったんですね。日本ではずっと海と山に挟まれて人が暮らしていて、海も山も神々が住む場所、両方とも尊い場所で、それが自分たちの暮らしを守ってくれるという思いがあったんです。

**養老**　最近ね、「原風景」っていう言葉をみんなよく使うんだけど、「これが私の風景」っていうのがあるはずなんですよ。これ、自分の感覚のもっと深くに入り込んでる可能性があって、私は鎌倉で育ったから、海と山だけ見れば、自分の位置がわかるんです。そういうね、自分の中の「地図」そのものが、一種の原風景だって思うんですよ。土地への愛着っていうのにも、そういう感覚がはたらいてるんでしょうね。

**山極**　今、日本中、空き家だらけになって、町の風景っていうのも、変わってきていますよね。これからも人口縮小社会が進んで、各地でどんどん空き家が出る。再利用して、新しいコミュニティをつくっていかなくちゃいけないんだけど、その時にね、僕はもう、コミュニティを「大きくしていこう」っていう、これまでの発想をやめたほうがいいと思っているんです。

「社会脳」っていう仮説があるんですよね。今の人間の脳みそは、百五十人ぐらいの集団で生きるのに適しているというんです。百五十人という数の中で、人の顔を覚え、共感を高めて、いろんな人たちとそれぞれ違う関係を結ぶということが、脳の記憶量を高める作用をしたんだろうって、単純に考えていますけどね。それ以上のことはわからないわけですよ。

　定住している人たちがメンバーシップを固定して、ずっとそこに住んで、世代交代をしていくというのが、できなくなっている。だったら、これからはもう、若い人が中心になってね、人が出入りをして、新しく人が入ってきちゃあ、出て行くっていうような、気軽に出たり入ったりできるようなコミュニティを地域の中にいっぱいつくる。そういうのが流行らないかなって。そうすると、僕が言っている「複線型」の社会が実現できる。

　つまり、もうさっきから話してるように、都会っていうのは人の住む場所じゃない。だとすれば、企業に所属しながら、何らかの仕事をしていくためには、都会にある程度の日数、いる必要があるんだとしたら、それは仕方がない。だけど、都会とは違う場所に、自分が生きる場所をもうひとつ、ふたつ、つくったらいいと。しかも、それこそICT（情報通信技術）を使えば、連絡はすぐ取れるわけですから、人の移動にしたがって情報っていうのはきちんと共有できるはず。そうすると、新しい、しかも面白いコミュニティっていうのができるはずだと思うんですよ。それを僕は「二重生活のススメ」、養老さんは「参勤交代」って言っているわけですよね。それはね、制度上のちょっとした改正でできるはず。

**養老**　しかも、国会議員は全員、わかってるはずなんです。選挙区と往復してるから(笑)。

**山極**　地縁、血縁という考え方がずいぶんもう、変化してきたと思うんですよ。今、例えば、墓にしたってね、先祖代々の墓に入りたくないっていう人はけっこう増えているし、自分が生まれ育った土地、祖先がずっと住み続けてきた土地に、あまりこだわりを持たなくなっている。しかも、これからは国際結婚が増えますよ。国際結婚が増えると、じゃ、その子どもたちはどうなんだって言ったら、国境を越えて二つの国を動くことになります。そうすると、人の定着性っていうのはこれまでとは違うんだっていうことを考えたほうがいいと思う。血縁というものもずいぶん変わってくると思いますね。

**養老**　また、私、虫塚、つくったんですけど。あれね、そのまんまね、自分の墓にしようと思っているんです。好きな人はみんな入っていいって。そういう「趣味の墓」みたいなのがあってもいいでしょう。ゴリラの好きな人の墓なんて、どうですか?

**山極**　いやいや（笑）。そもそもね、墓っていうのは、農耕民主体の考え方なんですよね。狩猟採集民、あるいは遊牧民は、墓を持っていませんからね。今、樹木葬みたいなものも、すごく流行っていますね。しかもね、先祖代々の墓を守りきれなくなってるんですよ。少子化でしょう。だから、ひとりっ子ずつが結婚すると、どっちの墓に入っていいかわからなくなる。その子孫がいなくなったら、もう、無縁仏になっちゃいますから。「墓じまい」が増えてますよね。

**養老**　まあね、それでもいいんだけどね。趣味の墓にしておけば。

**山極**　そのほうが、まあ成仏するかもしれません。今、空中からばら撒くっていうのもあるし、宇宙にばら撒くっていうのもあるし。

**養老**　そういうのもね、あまりにも墓の意味としてはね（笑）、なんかね、お骨そのものはどうでもいいんで、何かそこに「留まっている」ような、そういうのも欲しい。まあ、実物はばら撒いてもいいいんですけど。

**山極**　変な隕石《いんせき》になって影響してもらうのも困りますしね（笑）。

## 痩せた人

**養老**　今の時代、みんな何でも「統計」で見るでしょう。なぜ、統計がこれだけ普及しちゃったかって、私もまだ、完全には理解してないんですけど、おそらく、世界をコントロール可能にするためですよ。さっきからお話ししているとおり、医学の世界にいるとそれはしみじみ思います。医者が見てるのは、統計だけですから。患者を診たらどうしようもないんですよ。多様性で一人一人違うから。

**山極**　だからね、その統計というより前に、医者は「臓器」で見てるでしょ。カルテって臓器の陳列ですから、「人間」というもののカルテをつくっているのに、人間がバラバラにされちゃった。

**養老**　いやあ、それはもう、私は解剖ですから。

**山極**　バラバラにするほうだよね（笑）。

**養老**　なぜ解剖が発生したかっていうと、ようするに言語化です。身体に名前をつけていくと、なんと、手と手首と肩とか、できちゃうんですよね。実際は、「首がどこからどこまでか」って、とても決められないですよ。

**山極**　非常に恣意的に決めてるわけですね。

**養老**　そうなんです。だけど、そういう言葉をつくると、間が「切れて」いるはずだと思っちゃう。いちばん面白いのは、「食道と胃の境はどこだ」っていう論文を探してみたら、たくさん出てくるんですよ。「それ、分けたの、お前だろ」って（笑）。境がないとかって、勝手に境をつくって、どっちも「こっち側」だって言い始めたら、俺の土地とお前の土地は、いったいどこが違うんだっていう話になる。

**山極**　だけど、部分に分けたからこそ、医学が発達したわけで。

**養老**　そうです。ある種の医学は発達しました。

**山極**　そうか。臓器は互いにコミュニケーションをやっているとか、脳は単独で指令を出してるわけではないとか、部分と全体というのは、こう調和しているんだとか、いろんな話があるわけだけど、そんなふうに区切れるものじゃないということになると、ちょっと考え方を改めないといけないですね。例えば、腸内細菌とかの話になると、結局、部分的な即効作用のある薬を、あるいは手術をしたとしても、「全体感」が失われてしまうので、それは本当の治療にはならないかもしれないってことですよね。

**養老**　あるいは、治療したために、「何をしたのかわからなくなる」ケースですね。太っているのは、腸内細菌叢のせいだというので、抗生物質なんかを入れて腸内環境を変えてやったら、その人が「痩せた人」になった。そこまではいいんだけど、そうしたら、今度は、「いまできた、その、痩せた人ってなんだ?」っていう疑問が生まれません?

**山極**　そうですね、実在っていう話だね。

**養老**　「生きてることは何だ」とか、「その人とは、何か」っていう、「定義」に引っかかってしまうんですよ。

**山極**　生きてて何をするんだよって話なんですね（笑）。とりあえず、痩せりゃいいってものじゃないだろうって。

## 人間の改造

**山極**　先端医療がどんどん進んでいくと、その全体感で言えば、筋肉や臓器をいじるよりも、「遺伝子」をいじったほうが早いっていう話になりますね。遺伝子をいじることの「正当性」が出てきちゃうんですね。そうすると、じつはその「人間」っていうのは、男と女が半数ずつ遺伝子を出して子孫をつくるという話から逸脱し始めて、クローンどころじゃなくなり、遺伝子操作でいくらでも子どもをつくることができるという話になる。デザイナー・ベイビーの時代に入りますね。生命観は、いったいどうなるのかっていうことです。

**養老**　今、いろんな連中が、機械と人間をつないでどうのこうのっていう話をしているんです。その一方で、おそらく、これから確実に、人間の未来像としてぶつかってくるのは、「そんなことするよりも、人間を変えちゃったほうがいいんじゃないの」っていうこと。生命観という価値観まで含めて、人間を変えてしまえば、問題そのものが「消失」しちゃうんですよ。

**山極**　しかも、ゲノムの構造がわかって、なおかつ、遺伝的なアルゴリズムが理解できれば、そのデータをＡＩに放り込んで計算させて、完璧な人間というふうに解かせて、デザイナー・ベイビーをつくっちゃうっていう話。

**養老**　今の人間が持っている能力は、「感じること」。そういうものを全部持っていて、それにプラスアルファの能力を持ってる人をつくれば、現代人の仕事は終わり。プラスできる人って、それって、じつは神でしょう。人間は考えたものをつくる動物で、最終的にそういう形で神をつくったら、現代人の仕事はお終《しま》い。

**山極**　人間は「問い」をつくってそれに答えを出す。でも、その問いをつくった時点で、こぼれ落ちてしまったさまざまな現象がある。それに気づかないまま、どんどん進んできてしまったんですね。今の人間というのは、「過去の人たちがつくった問い」の上にある。あるいは、問いに対する、答えが上にある。でもそれは、非常に抽象化された人間像であって、本来の人間という幅の広さからすると、とても狭いところに立っちゃってるんじゃないか。

**養老**　それを説得するのが難しい。感性の問題ですからね。

**山極**　そうですねえ。

**養老**　いまの日本社会は、「感じない人」を大量生産しているんじゃねえか、っていう気がしてしょうがない。

**山極**　いや、そう思いますよ。受動的な人間ができちゃうんです。実際、そうなりつつありますけどね。さっきから、好奇心だとか言ってるのは、常識を破るところに人間の面白さがあって、でも、ＡＩは常識を破ることはできませんので、常識どおりに動くか、常識をつくることしかできない。そうすると、そこに人間が合わせていくしかない。「人間はＡＩ的になるしかない」っていうことですね、言うならば。

**養老**　そうなんですね。だから、「人間そのものを変えよう」っていう意見が当然、出てくる。

**山極**　出てきますよね。

**養老**　あんなにＡＩを一生懸命やらなくたって、人を変えちゃえばいいじゃんって、その上で、「ＡＩなんて要らないよ」っていう人をつくったらいいんですよ、もっぱら。

**山極**　例えば、恐怖や悲しみは、人間が生身の身体で、何かの事態に出合って感じる「感情」であったんだけれども、それが「生化学的な作用」であるなら、その生化学的作用自体をコントロールすれば、恐怖も悲しみも感じずに済むと。そういう実験が今、アメリカでは行われ始めているっていう話があって。すごく恐ろしいことだなと。

ベトナム戦争で、アメリカが敗北したのは、兵士を改造できなかったからです。だから、ものすごいトラウマを背負い、トラウマを抱いた人たちがアメリカに帰ってきて、世論が反発して、戦争を推進できなくなった。それがベトナム戦争に負けた大きな理由だというふうに、ネオコン（新保守主義者）は考えて、「どうしたらいいか」っていう時に、戦争をやめるという結論には至らず、「戦争に強い人間をつくればいい」という話にいっちゃってるわけですね。これは、まさにアメリカ的な考えで、でもそれが可能な時代に突入しちゃったんですね。

**養老**　そもそもね、そういうプログラムを開発するのに、どれだけの人間がかかり切りになっているんだろうね。

**山極**　何百万とおりぐらいを、覚えさせてると思うんです。それはもう、けっこうなエネルギーを使っているでしょう。それに比べれば、人間の頭って、ぜんぜんコスト、かかってないですものね。一瞬で考えて、もちろんエネルギーもほとんど使ってないですから。

その違いですよね。

**養老**　エネルギーの問題はずいぶん引っかかってくると思いますよ。これから。今のところ、安いエネルギーは石油しかないですから。原発はゴミがどうしようもない。今になってわかるんだ、ゴミの片づけようがないっていう。それでもこれだけの数、つくっちゃったんだ。あれをつくって得をしたのか、損をしたのか、よくわからない。そうすると、結局、「エネルギーの切れ目が、縁の切れ目」になるんじゃねえか（笑）。

**山極**　人間の歴史って、エネルギー革命でもあるんですね。最初は農耕牧畜で牛馬を使って。次は蒸気機関で、化石エネルギーで、原発でしょう。何かもう、限界に達しているわけですね。これまでとは違うエネルギーを見つけることができるかどうか。

**養老**　バイオも少なくとも現在の森林から出てくるものを使うとすると、日本人の使ってる全エネルギーの四パーセントしかつくれない。年間の植物生産量と釣り合いません。どれだけ無公害かということも考えないと。

**山極**　人間はもう、地球は使い捨てで、次なる天体を求めようとしてますよ、そういう時代が来るだろうって、宇宙に一生懸命、投資している人たちもいます。その思想の落とし穴っていうのは、火星でも月でも、どこでもいいですよ、でも、住めますか。住んで楽しいですかと。人間の身体が幸福に暮らせる環境っていうのは、地球の環境なんですよ。

# エピローグ　日本の未来像

**養老**　日本の社会が、ほんとに「硬く」なったなっていう気が、ちょっとするんです。さっきの話なんだけど、外圧っていう、それ、よくわかるような気がするのは、日本の社会ってとても適応性がいいっていうか、安定平衡点に落ちる速度が速いんですよ。つまり、均一の社会みたいな、比較的安定したところにすぐに落ちちゃう。

**山極**　右へ倣えだね。

**養老**　それがみんな、「楽」だってわかっているから、そこへすぽっと落ちるんですね。

その安定平衡点を動かすために、絶対に必要なのは、外部エネルギーですよ。

**山極**　これまでの日本史の中で大きな外圧っていえば、明治維新と第二次世界大戦ですよね。あの後、とんでもない速度でいろんなことが起こり、今、また終末期を迎えているんですね。第二次世界大戦後の最初の二十年間、盛り上がって、高度経済成長だってガンガンやってね、アメリカを抜いたとかいうような話になったけれども、それがしぼんで、今に至っているっていう感じだから、またドカンと何かがくれば……何が来るんですかね。

**養老**　今、だから、江戸時代に近いんです。この前タクシーに乗ったら、運転手が何を言うかと思ったら、「そろそろ日本は鎖国したら」って（笑）。

**山極**　鎖国ですか。じつはね、アメリカでも一九八〇年代、九〇年代っていうのは、若者が海外へ行かなくなっちゃったんですよね。国内で何でも手に入るから。その頃はもちろん、インド人やら中国人やら日本人はいっぱいアメリカに行きましたよ。それでアメリカの経済を支えたんだけど。その時期のアメリカと似てるんですよね。

今、経済で下向き始めましたから、このまま行ったら、日本はどん底だみたいなことに産業界ではなっていて。ところが、日本の若者が動かない。そこで、「若者を動かせ」っていうリクエストが、産業界から来ているわけです。そんなこと言われたって、という感じです。

**養老**　結局、私が思うに「実体経済の実利」っていうのは、「自然からの後ろ盾」ですからね、それが限度に来ているんですよ。

**山極**　収穫しつくした。

**養老**　そうなんです。エネルギーなんです。石油がもう天井を打っちゃってますから。「天井を打ってる」っていう意味は、これ以上、供給を増やせない。だから、もう、いずれそのうち、石油そのものも限度だって言ってるんですけど。自然の後ろ盾がなくなっちゃって、実体経済っていうものが利益を生まないので、結局、預金に利息がつかないという状況になる。資本があっても増えないという状況になる。それを、水野和夫さん（経済学者　１９５３〜）という人が「資本主義の終焉《しゅうえん》」って言ってるわけですね。いやと言うほどお金を持っていても、使う先がない。なんかうちの近所で、このあいだ、婆さんが六千万円、盗られたっていう。日本全体がそうなっちゃってる。金は持ってるんだけど、やることないよっていう。

**山極**　だって、企業の内部留保が日本の国家予算ぐらいありますからね。

**養老**　四百六十兆。

**山極**　それが、使えてないっていうのは投資する場所もないんですよ。

**養老**　実体経済が行き詰まったっていうことなんです。

**山極**　労働集約型、資源集約型の経済は終わった。知識集約型だって言う人もいるけど、知識をいくら集約しても、使うところがなければ、結局、バーチャルで終わっちゃいますからね。

**養老**　リニアをつくって大阪までね、一時間以内で行けるって、二十年以内に大阪に通すっていって。

**山極**　いや、だから、逆に僕は、ＡＩとかＩＣＴとかロボットとか駆使した未来社会って、ある意味、人々がやることがなくなっちゃうから、人々のやることを創らなくちゃいけない。ベーシック・インカムっていう時代が、もし良い政府が措置してくれれば来ると思うんですよ。人間は生きる権利を持ってるんだから、日本国民は日本で暮らす権利を持っている、それだけの給料をあげましょうと。じゃ、でもどうやって暮らせばいいんだと。労働してもお金にならないですから、遊んで暮らすのかっていったら、「遊ぶ」ことも考えなくちゃいけない。そういう時代が二〇五〇年には僕は来ると思うんですよ、もし、良い政府だったらですよ。

ディストピアの未来は、政府は限りなく小さくなり、世界中で、グローバル企業が末端の人間まで支配する。究極の格差社会です。奴隷制社会になるでしょうね。それは考えたくないので、ベーシック・インカムでみんなが生きる権利を持つという時代が来る、そう考えたほうがいいかなと。夢を考えるんだったらね。

グローバルっていうのは、「均一化」ですよね。すべて工業製品化したんです、農産物も何もかも。我々はそういう社会の中で生きながらも、やっぱり、それぞれ違うものをつくり、個人個人も違うものになっていくっていうプロセスを経て、新しい人間の生活とコミュニティをつくっていかなくちゃならない。

**養老**　私もその方向になると思います。例えばね、有機農業の本ってあるでしょう。あれ、必ず農家一軒一軒の紹介なんですよ。そうならざるを得ないんです。有機っていうのを、一般的に議論することはできないから、それが多様性なんですよ。

**山極**　そういう契約農家って、みんなね、有機の作物を持ってきますけど、みんな違うんですね。今年はこういう気候だったので、この畑とこの畑は出来が違うので、こういうものですって。みんなサイズも違うし、出来も違う。それがむしろ尊ばれる時代が来ていると思うんです。

**養老**　だいたい、農家そのものは有機でやってるんですから、自分のところは。

**山極**　そうなんですよね。人間の欲求には、「人と同じになりたい」っていう欲求と、「人と違っていたい」っていう、両方があるんですよね。だから、人間の基本的な暮らしの条件に衣食住があって、その衣食住の中でどこまでその二つの相反する欲求を満たしていくかということ。それがまさに生活のデザインだと思うんですよね。

ベーシック・インカムっていう形での経済的なベースラインは一緒、だけど、それを使ってどういうふうな暮らしをデザインするかというのは、個々、個々人である、別々でいい。ただし、個人個人が独立して生きるといったって、一人じゃ生きられないわけだから、シェアとか、協働とか、いろんなことが必要になる。そこで知恵を使うっていうことだと思うんですね。

未来社会っていうのは情報が共有できるわけです。流通というのも、自動化すると思いますよ。自動運転もあるし、空中も使えるし、コストもかからない。だけど、「幸福をつくるには手間暇はかけたほうがいい」という時代ですよね。

農業でも、生産する人と供給する人、消費する人の三者が契約するという話にもなりますよね。無農薬でゴロゴロした形の野菜も無駄にはなりません。海産物でもそうですよね。自然物には、なるべく人間の手をかけずに、あるいは手間暇を十分にかけて、信頼できるものをつくり、それを循環させていく。あとは、自分で選ぶのは自由ですよね。どう契約するかも自由と思います。

**養老**　未来像ができましたけど。

**山極**　そうですね、森、里、川、海、虫とかね（笑）。やっぱり日本列島はもうほんとうに多様ですから。この多様というのをうまく反映させた地域づくりと、自然観をつくっていかないと。工業化っていうのは、均一性に向かうんですよ。もちろん海外から来るものは、みんな均質、質保証っていうでしょう。あの質保証っていうのがね、厄介なんです。ある質っていうのをクリアしなくちゃいけない。だから、その質をクリアしないものは、製品にならない。捨てられていくわけです。それは最初に話したのと一緒で、こぼれ落ちていくものほど、価値がある。だから、うちはいくつもそのこぼれ落ちたものをいただいて食べてますけども。そっちのほうの、価値観を持たなくちゃいけないと思います。

**養老**　こぼれ落ちた虫（笑）。みんな、馬鹿にしていてね。そこらにゴロゴロいる虫。ゾウムシとかね。それを集めるのが楽しいんですよ。しかも、ただで手に入る。珍しいものだと、みんながね、ばあっと来て。こぼれ落ちたものが、いちばん面白いんですよ。

# あとがき——虫とゴリラの旅　山極寿一

対談を終えて、養老さんと面白い旅をしたなあと思う。もとより虫屋とサル屋だから、見てきた世界が違う。歩みがどこで交わるだろうか、と心配したけれど、けっこう一緒に歩むことができた。それは、人間を外から眺める視点が一致したからだろうと思う。

この情報化時代、人間という殻を脱ぎ捨てるのには二つの方法がある。ひとつは主体性を機械に預けてロボット化していく方法で、これはもう多くの人々が採用し始めている。もうひとつは人間以外の動物の世界観を身につける方法だが、こっちはなかなか会得するのが大変だ。相手が標本で動かなかったり、動物園や虫籠《かご》の中にいて自由な動きが制限されていたりする状況では、その世界観を学習できない。どうしても、彼らの野生の生活に踏み込んでみなければならないし、彼らだけではなく、その暮らしを支えている自然を読み解く能力も鍛えなければならない。そんなことはあまりこの世の中に役立つとは思えないから、われわれは極めて特殊な体験を積み重ねてきたことになる。

でも、どうやらその奇妙な体験が、これからの人間の未来を左右する重大な示唆を与えてくれるかもしれないぞ、ということを二人とも直観していた。虫は自然の動きを表す重要なバロメータだ。いろんな虫の姿を絵や言葉に表し、虫の声を音楽として聴き、季節に応じて快く感じ取ってきたのが日本人の情緒だ。それが日々の暮らしからほとんど消えてしまった。山野をめぐって虫を訪ね歩くと、昔とは違う虫たちがいることに気づく。それは日本の風景がここ数十年で一変したことを示している。もはや、虫たちは日本人の心に住み着いていない、というのが養老さんの感想だったように思う。

僕は、人間に近い体や心を持ったゴリラと長年過ごしてきた。ゴリラが五感で感じるものは人間にも理解できるし、おおよそ逆も然《しか》りだろう。しかし、最近人間のやっていることは、ゴリラの感性では理解できなくなった。お互いの尊厳を守って対等な関係をつくればいいのに、優劣をつけたがって競争ばかりしている。身近な仲間を信頼せず、遠くにいる仲間とSNSでつながるかと思えば、人と付き合えなくなって引きこもる。仲間と違うことを前提に共鳴し合うのが幸福だと思えるのに、争い合いながら均質化の道を歩んでいる。それは人類が歩んできた進化の道から逸脱し始めているのではないか、というのが僕の抱いた思いである。

だから、まだその美しさと力を残している自然に、もう少し体を預けて学んでみたらどうだろう、と二人とも思っている。今の学びは生物としての人間を無視している。人間の体も心も自然を感じ取り、自然と共鳴できるようにつくられている。子ども時代にまずそれを学び、その能力の上に人間の世界の成り立ちを読み解く能力を身につけるべきなのだ。幸いなことに日本にはまだ広大な森が残っているし、清らかな水の流れも、豊饒《ほうじょう》な海も息絶えてはいない。最近は愚かな自然管理のおかげで、野生動物が跋扈《ばっこ》したり、河川が氾濫したりして被害が増えているが、この豊かな自然の財産を失わないようにしていくことこそが、世界でもまれにみる多様性に富んだ日本の風土を守り、自然の動きに敏感で和を尊ぶ日本人の感性を育むことになるのだと思う。

人類は仲間とのつながりを拡大するように進化してきた。その過程で脳は大きくなった。

これが社会脳仮説で、私もそうだと思う。しかし、仲間とのつながりは人間だけでなしえるものではない。人間どうしのつながりには常に自然が介在してきた。季節の移り変わりをともに感じ、それを衣食住という暮らしの表現を通して共鳴することが人と人との間をつなぐのである。人と人はヴァーチャルにはつながれない。出会いや関係があらかじめ予想できるものであれば、敢えてつながる必要はない。それぞれが違い、予想が難しい相手だからこそ、共通に感じられる媒介物をつくろうと努力するのである。それが自然という不確かな対象であれば、共通項を見出そうとする熱意は増す。誰にも共通であることがわかっている情報であれば、安心は得られるが、感動は生じない。

未来の社会にとって大切なことは、何よりも安全・安心を保障することだと言われている。裏返せば、現在はそれが大きく崩れているということだ。たしかに、科学技術は安全をつくることができるだろう。しかし、安心は人が与えてくれるものだから科学技術だけではつくれない。それだけ、現代は人への信頼が揺らいでいるのだ。それは自然への信頼が薄れているせいでもあるだろう。その閉塞感を突き破るためには、感動を分かち合うことを生きる意味に据えるべきだ、と僕は思う。人が生まれながらにして持つ感性には生物としての倫理がある。それを大切にして、人間以外の自然とも感動を分かち合う生き方を求めていけば、崩壊の危機にある地球も、ディストピアに陥りかけている人類も救うことができる。

本書の旅が、そのかすかな道標となれば幸いである。

養老孟司（ようろう・たけし）

1937年神奈川県生まれ。
東京大学名誉教授。医学博士。解剖学者。
東京大学医学部卒業後、解剖学教室に入り、
東京大学教授となる。退官後、北里大学教授、大正大学客員教授を歴任。
京都国際マンガミュージアム名誉館長。
1989年『からだの見方』（筑摩書房）でサントリー学芸賞を受賞。
『バカの壁』（新潮社）で毎日出版文化賞特別賞を受賞。
『唯脳論』（青土社）、『「自分」の壁』『遺言。』（新潮社）、
『半分生きて、半分死んでいる』（PHP研究所）、
『老人の壁』（南伸坊氏と共著）、
『虫は人の鏡　擬態の解剖学』（毎日新聞出版）など著書多数。

山極寿一（やまぎわ・じゅいち）

1952年、東京都生まれ。霊長類学者・人類学者。
京都大学理学部卒、京大大学院理学研究科博士後期課程単位取得退学、
理学博士。ゴリラ研究の世界的権威。
ゴリラを主たる研究対象にして人類の起源をさぐる。
ルワンダ・カリソケ研究センター客員研究員、
日本モンキーセンターのリサーチフェロー、京都大学霊長類研究所助手、
京大大学院理学研究科助教授を経て同教授。2014年10月に京大総長、
17年10月に日本学術会議会長に就任、いずれも21年9月まで務めた後、
21年4月より総合地球環境学研究所所長。
日本の学術界を牽引する存在になっている。
主な著書に『暴力はどこからきたか　人間性の起源を探る』（NHKブックス）、
『「サル化」する人間社会』（集英社インターナショナル）、
『ゴリラからの警告　人間社会、ここがおかしい』（毎日新聞出版）など。

本対談は二〇一八〜二〇一九年、京都、箱根、東京で行われた。
対談の収録にあたり、
ＮＰＯ法人「日本に健全な森をつくり直す委員会」（委員長・養老孟司氏）の協力をいただきました。

本書は二〇二〇年四月、毎日新聞出版より刊行されました。

毎日文庫

虫《むし》とゴリラ

第１刷　2022年11月５日
第２刷　2022年12月20日

著者　養老孟司《ようろうたけし》
山極寿一《やまぎわじゅいち》

発行人　小島明日奈

発行所　毎日新聞出版
〒102-0074
東京都千代田区九段南1-6-17 千代田会館5階
営業本部：03(6265)6941
図書第一編集部：03(6265)6745

装丁　寄藤文平＋垣内晴（文平銀座）

印刷・製本　中央精版印刷

©Takeshi Yoro, Juichi Yamagiwa 2022, Printed in Japan
ISBN978-4-620-21051-3
乱丁・落丁はお取り替えします。
本書のコピー、スキャン、デジタル化等の無断複製は
著作権法上での例外を除き禁じられています。